KB157788

한국 희곡 명작선 88

데자뷰

한국 희곡 명작선 88

데자뷰

안희철

평민사

안
희
철

데
자
뷰

등장인물

규환 (남, 형사)
가람 (여, 기자)
보리 (여, 연구원)
해탈 (남, 땡중)
보살 (여, 보살)
강 씨 (남, 개발업자)

무대

과거와 현재를 넘나드는 팔공산의 사찰 부인사.
팔공산 자락의 부인사 술집, 경찰서.

※ 데자뷰(deja vu)

처음 가본 곳인데 이전에 와본 적이 있다고 느끼거나 처음 하는 일을 전에 똑같은 일을 한 것처럼 느끼는 것이다. 살아가다 보면 자신이 지금 하고 있는 일이나 주변의 환경이 마치 이전에 경험한 듯한 느낌이 들 때가 있다. 대부분 꿈속에서 본 적이 있는 것 같다고 말하는데 이것을 데자뷰 현상이라고 한다. 최초의 경험임에도 불구하고, 이미 본 적이 있거나 경험한 적이 있다는 이상한 느낌이나 환상. 프랑스어로 '이미 보았다'는 의미로서 영어로는 already seen에 해당한다.

사람의 뇌는 엄청난 기억력을 가지고 있어서 스치듯이 한번 본 것도 잊어버리지 않고 차곡차곡 뇌세포 속에 저장하는데, 이런 세포 속의 정보들을 모두 꺼내는 것은 아니고 자주 보고 접하는 것들만 꺼내본다고 한다. 하지만 뇌는 훨씬 많은 것을 기억하고 있기 때문에 우리가 무의식중에 했던 일을 다시 하거나 방문했던 곳에 갔을 때, 처음 하는 일 같은데 아련히 똑같은 일을 한 것처럼 느끼는 것이다.

1900년 프랑스의 의학자 플로랑스 아르노(Florance Arnaud)가 처음 이러한 현상을 규정하였고, 이후 초능력 현상에 강한 관심을 가지고 있던 에밀 보아락(Emile Boirac, 1851~1917)이 처음 데자뷰라는 단어를 사용하였다. 보아락은 데자뷰 현상의 원인을 과거의 망각한 경험이나 무의식에서 비롯한 기억의 재현이 아니라고 주장하였다. 데자뷰 현상은 그 자체로서 이상하다고 느끼는 뇌의 신경화학적 요인에 의한 것이라고 그는 해석한다.

이러한 데자뷰 현상은 동양적 혹은 불교적으로 본다면 어떻게든 이어져 있는 악연, 필연, 우연 등으로 불리어지는 인연의 다른 이름이라고 할 수 있을 것이다.

〈프롤로그〉

무대의 막이 오르면 어두운 상태에서 긴박한 음악이 흐르다가 갑자기 사람들의 비명이 들린다. 잠시 후 부인사에 불길이 솟는다. 사람들의 비명이 더욱 커진다. 부인사의 불길도 더욱 크게 치솟는다. 음악 소리와 비명도 불길과 함께 더욱 크게 들리다가 갑자기 멈추며 암전. 잠시 후 무대 우측에 탑조명이 비치면 거기에 강씨가 서 있다.

강 씨　　아! 깜짝 놀랐죠. 제가 처음에 발견했거든요. 하나도 안 건드렸습니다. 바로 신고한 겁니다. 포상이나 표창 그런 건 없습니까? 아니, 뭐 당연히 해야 할 일을 한 거죠. 다 마무리되려면 얼마나 걸립니까? 거기가 다 제 땅이라서요. 제가 포도밭 그 남자 아닙니까. 근데 문화재청에서 조사해요? 아니면 국과수에서 조사해요? 아! 둘 다요? 그러면 오래 걸리지 않나요? 예. 아무튼, 빨리 좀 끝내주셨으면 좋겠습니다. 부탁드리겠습니다.

강 씨에게 비치던 탑조명이 꺼지고 무대 좌측에 탑조명이 비치면 거기에 보리가 서 있다.

보리　　당연하죠. 제 전공입니다. 정말 잘 할 수 있습니다. 제가 가기 전에는 아무도 못 보게 해주십시오. 감사합니다.

보리를 비추던 탑조명 꺼지고 현재의 부인사에 조명이 들어왔다
가 암전.

〈제1장〉

조명이 들어오면 경찰서. 옆쪽은 여자 화장실. 가람이 술에 취해서 뒤에 누워있다.

규환　(화장실 앞에서) 빨리 나와요. 아직도 멀었어요? 빨리 쓰고 가셔야죠.

보살이 화장실에서 나온다.

보살　화장실 앞에서 여자 안 기다려 봤어요? 그렇게 재촉하면 제대로 쌀 수가 있나? 없던 변비도 생기겠다. 똥 쌀 땐 똥 쌀 생각만 하라는 얘기 몰라요?

규환　고소하실 때는 고소하실 생각만 하세요. 빨리 쓰고 가야죠. 저 서류 담당 아니고 현장 뛰는 특급형사거든요.

보살　근데 특급형사가 왜 이러고 있어요? 일을 제대로 못하는 모양이지?

규환　아니거든요.

보살　아니긴 개뿔! 딱 보면 알겠구만.

규환　고소장 접수 안 하실 거예요?

보살　해야지. 내가 귀찮아서 더는 못 살아요.

규환　그러니까 대상이 누구예요?

보살	강 씨요. 안 판다고 해도 자꾸 와서 귀찮게 해서 미치겠어요.
규환	이름이 강 씨에요?
보살	무슨 중국 귀신도 아니고 이름이 강 씨가 어딨어요? 성이 강 씨지.
규환	그러니까 이름이 뭐예요?
보살	그냥 강 씨라고 하면 다 아는데요. 강 씨 몰라요?
규환	참, 답답하네. 강 씨가 한두 명이에요?
보살	강 사장이라고 해요.
규환	이름이 사장이에요? 특이하네요.
보살	이름이 사장이 어딨어요? 그냥 자기가 강 사장이라고 하는 거지.
규환	예?
보살	난 강 씨라고 부르고 자기는 강 사장이라고 부르고. 그걸 이해 못해요?
규환	돌아버리겠네. 그럼 전 뭐라고 부르면 돼요? 강 씨? 강 사장?
보살	그래도 젊은이보다 나이가 많이 있는 사람인데 그렇게 막 부르면 안 되죠. 아무리 내가 그렇게 부른다고 그렇게 따라 불러요? 그것도 경찰이라는 사람이?
규환	예?
보살	그러니까 여기서 이러고 있지. 특급형사 아니네.
규환	아줌마!

보살	아줌마라뇨? 보살이라고 불러요. 아니면 부인, 보살 부인 이라고 부르던가.
규환	정말 돌아버리겠네.

유치장 안에 누워있던 가람이 뒹굴다가 소리친다.

가람	네가 왜? 내가 돌겠다.
보살	(규환에게 가보라며 손짓하며) 나보다는 저기가 더 급한 것 같네 요. 특급형사님을 필요로 하는 특급사건부터 처리하세요.
규환	예, 아주 고맙습니다.
보살	그럼 나는 다시 가서 보던 일 마저 보고 올게요. (화장실로 들어간다)
규환	(가람 쪽에 가서) 주무시는 거 아니었어요?
가람	(돌아누운 채 손을 들어) 물! 물! 물!
규환	정말 돌아버리겠네. (가람에게 물을 가져다주며) 여기요. 안 마 셔요? 여기요!
가람	(갑자기 술에서 깬 듯 일어나 앉아 주위를 둘러보더니 얼굴을 가리며 고개를 숙인다) 물어볼 게 있는데요.
규환	물 아니고 물어볼 거예요?
가람	여기 어디예요?
규환	딱 보면 몰라요?
가람	저한테 무슨 짓 하셨어요?
규환	제가 무슨 짓 한 게 아니라 그쪽이 무슨 짓 하셔서 와 계

신 거예요.

가람 (고개를 슬쩍 들어 주위를 다시 살피더니) 제가 무슨 짓을 했는데요?

규환 술 먹고 뻗으면서 술값 못 내겠다고 배 째라고 하셨다네요.

가람 제가 왜요?

규환 그걸 왜 나한테 물어요? 물 안 마셔요?

가람 (물을 받고는 돌아앉는다) 죄송합니다. 국밥 한 그릇만 시켜주세요.

규환 예? 바빠 죽겠는데 해장은 나가서 하세요.

가람 언제 출소예요?

규환 출소는 무슨… 그냥 지금 가세요. 알코올 중독인가 봐요?

가람 바가지 술집 취재하느라 그랬거든요. 경찰이 안 하니까 기자가 나선 거잖아요.

규환 그러면 그냥 신고를 하지 왜 술을 먹고 난동을 부려요?

가람 저 술 마시면 그냥 얌전히 자거든요.

규환 때와 장소도 안 가리고 그냥 아무 데서나 막 자죠? 그러니 어느 남자가 좋아하겠어요? 아무리 기자라고는 해도 다 큰 아가씨가 그러면 안 되죠.

가람 뭐요? 말 함부로 하실래요?

규환 아, 죄송합니다. 다 큰 처녀가 아니라 더 컸네요. 너무 컸어. 좋은 때 다 지나도록 커버렸네요. 그걸 노처녀라고 하죠.

가람 어이! 아저씨!

규환 아저씨라니? 이규환 형삽니다.

가람	그래요. 이 형사양반!
규환	형사양반? 최 기자 지금 막 가자는 거예요?
가람	누가 먼저 시작했는데요? 그리고 양반이라고 부르는 게 뭐 문제 있나?

이때 규환의 휴대전화가 울린다. 규환이 전화를 받는다.

규환	무슨 일이야? 뭐? 미라? 얼마나 됐는데? 아직 몰라? 근데? 뭐? 누가 훔쳐간 거 아냐? 처음부터 없었을 수는 없지. 이상하잖아. 그거 문화재 아닐까? 뭔가 있어. 냄새가 나. 내가 갈게. 담당이고 아니고가 어딨어? 내가 문화재털이 전문이잖아. 내가 지금 한 건 올려야 되거든. 이러고 있을 사람이 아니라는 거 잘 알잖아. 갈 테니까 자료 준비해라. (전화를 끊는다)
가람	뭔데요? 뭐 큰 거 있죠?
규환	아무것도 아니니까 신경 쓰지 마요. 다시 보지 맙시다.

규환은 급히 퇴장한다.

| 가람 | (규환의 자리로 뛰어오며) 그냥 가면 어떡해요? 이 형사! |

보리가 경찰서 안으로 들어온다.

보리　　(가람을 보며) 사람 좀 찾으러 왔는데요.

가람　　(보리는 보지 않은 채 규환의 자리를 뒤지며) 찾아보세요.

보리　　엄마 찾으러 왔는데요.

가람　　(화장실을 가리키며) 저기 계세요.

보리　　예?

가람　　(별 게 없는지 뒤지던 행동을 멈추더니) 도대체 뭐야?

보리　　저기….

가람　　저기라니까요.

　　　　　가람은 급하게 퇴장한다. 보리는 주위를 두리번거리다가 화장실
　　　　　앞에 가서 노크를 한다.

보살　　(목소리만) 똥 좀 싸자!

　　　　　보리는 황당한 표정으로 그 자리에 서 있다. 암전.

〈제2장〉

부인사. 규환이 자신의 말을 녹음하며 등장한다.

규환 8백년 가까이 된 여자 미라가 이곳에서 발견됐다는 건 뭔가 분명히 있다는 거지. 그게 뭘까? 가슴에 꼭 품고 있던 그게 뭘까? 뭘 그렇게 지키려고 했던 걸까? 그리고 그건 어디로 사라진 걸까? 그래, 그것만 찾으면 한 방에 끝이야. (전화를 건다)

강 씨가 나오며 전화를 받는다.

강 씨 여보세요. 여기 왔는데요. (규환을 보고는 전화를 끊는다) 예, 접니다.

규환 (전화를 끊으며) 안녕하십니까. 이규환 형삽니다.

강 씨 근데 정말 전 모르는데요. 이미 말씀 다 드렸습니다.

규환 추가적으로 조사할 게 있어서요.

강 씨 궁금한 게 뭔데요?

규환 처음에 어떻게 발견한 거죠?

강 씨 땅 파다가 발견했다니까요.

규환 땅은 왜 파셨죠?

강 씨 내 땅 내가 파는데 이유가 있어요?

규환	아무 이유도 없이 땅을 팠다?
강 씨	거름 만들려고 팠어요. 됐어요?
규환	삽으로 그렇게 깊게 팠다구요?
강 씨	누가 삽으로 팠대요? 삽으로 그렇게 깊게 팔 수 있는 사람이 어딨어요? 해탈 말고는 없어요. 포크레인으로 팠지.
규환	근데 왜 혼자 발견했다고 했죠? 포크레인 기사가 같이 봤겠네요.
강 씨	내가 포크레인 운전했습니다. 내 포크레인이죠. 큰 건 아니고 좀 작은 거 있어요. 농사를 크게 지으려면 다 필요해요.
규환	그래서 그걸로 아무 데나 막 파고 다녀요? 이상하잖아요.
강 씨	내가 해탈도 아닌데 왜 아무 데나 파고 다니겠어요? 거름 만들려고 팠다니까요.
규환	사실입니까?
강 씨	그러면 뭐 시체라도 암매장하려고 판 줄 아세요? 웃기는 형사양반이네.
규환	예? 뭐라구요?
강 씨	오해하지 마요. 유머 감각 있는 높으신 형사분이라는 얘기니까요.
규환	됐구요. 미라가 가슴에 뭘 안고 있었는데 그게 사라졌어요. 혹시 못 봤어요?
강 씨	나 의심하는 겁니까?
규환	그때 본 걸 얘기해 봐요. 혹시 가슴에 뭘 안고 있지 않던가요?

강 씨	난 모르죠.
규환	제일 먼저 발견했잖아요.
강 씨	난 등짝밖에 못 봤어요. 엎드려 있는 걸 발견했는데 가슴을 어떻게 봐요? 그리고 여자 가슴을 함부로 보면 안 되죠.
규환	미라가 여자인 건 어떻게 알았어요?
강 씨	딱 보면 알죠.
규환	근데 포크레인으로 팠는데 어떻게 미라를 훼손 안 할 수 있었죠?
강 씨	포크레인이 작은데다가 제가 운전을 정말 정밀하게 할 수 있어요.
규환	그래요?
강 씨	근데요. 제가 좀 바빠서 그런데 더 물어볼 거 있어요?
규환	아닙니다. 혹시 더 궁금하면 다시 연락드리죠.
강 씨	그럼 수고하세요.

강 씨는 어딘가에 전화한다. 규환의 휴대전화가 울린다. 강 씨는 자신이 건 게 아니라고 손짓하고는 퇴장한다. 규환은 전화를 받으며 부인사 뒤로 나간다. 잠시 후, 가람이 수첩을 들고 뭔가를 메모하며 들어온다. 뒤이어 반대편에서 보리가 주위를 둘러보며 산책하듯이 들어온다. 둘은 서로 다른 방향을 보며 움직이다가 부딪친다.

보리	미안합니다.

가람 아뇨, 제가 죄송합니다.

둘은 서로를 유심히 쳐다보며 고개를 갸웃거린다.

가람 (낯이 익은지) 저기 혹시… 어디에서 오셨어요?
보리 호텔에서 왔는데요.
가람 설마 그게 유머는 아니겠죠?
보리 네?
가람 썰렁해서 외국에서라도 오셨나 싶어서요.
보리 예. 외국에서 왔어요.
가람 아, 죄송합니다. 제가 괜히 쓸데없는 말을 했네요.
보리 괜찮아요.
가람 말씀 잘 하시네요. 교포…? 어느 나라에서 오셨어요? 관광 차 오신 거예요?
보리 프랑스에서 왔어요. 관광은 아니고 일 때문에 왔어요.
가람 저도 일 때문에 왔어요. (명함을 꺼내서 내민다) MBS 최가람 기잡니다.

가람은 보리에게 명함을 주고 자신도 명함을 달라는 눈빛으로 보리를 쳐다본다. 뒤늦게 그 상황을 깨달은 보리가 자신의 명함을 내민다.

가람 (보리의 명함을 확인하고는) 보리 베베르. 우와! 문화재청 초빙

연구원이시네요.

보리 프로젝트 때문에 교환연구원으로 왔어요.

가람 전공이 뭔가요?

보리 글쎄요. 뭐라고 말씀드려야 할지….

가람 죄송합니다. 제가 준비하고 있는 특집기사 때문에 조언을 구하고 싶어서….

보리 어떤 걸 준비하시는데요?

가람 팔만대장경이라고 아시죠? 그 전에 먼저 존재했던 게 있 거든요.

보리 초조대장경이요?

가람 우와! 제가 번데기 앞에서 주름 잡았네요.

보리 네? 제가 번데기라고요? 근데 주름은 어디 잡았어요?

가람 제가 실수했다는 얘기예요.

보리 아! 괜찮습니다.

가람 저 뒤쪽은 보셨어요? 둘러보시겠어요? 몰래! 스릴 있잖아 요. 밥 쏠게요. 아, 식사 제가 사겠다고요.

보리 괜찮습니다.

가람 가요. 아무도 저 못 건드려요. 방송국 기자잖아요.

보리 방송국 기자면 제가 부탁드릴 일도 있어서요. 밥은 제가 쏠게요. 맞아주세요.

가람 아! 말씀 잘 하시네요.

보리와 가람은 함께 주위를 둘러보며 뒤편으로 나간다. 이어서 규환이 전화 통화를 하며 나온다.

규환 (통화중) 특급정보라니까. 여기? 부인사. 팔공산 동화사 옆에. 갓바위까지 안 올라가고 있어. 팔공산엔 갓바위밖에 없는 줄 아냐? 뭐? 네 조카 대학 가는 걸 내가 왜 빌어? 네가 와서 올라가. 내가 왜 가? 내가 지금 휴가인 줄 아냐? 알았다. 시간 되면 올라갈게. 갓바위 말고 서울. 끊는다. (전화를 끊고 주위를 둘러본다)

규환은 주위를 둘러보다가 담배를 꺼내 입에 문다. 이때 스님 복장을 한 해탈이 삽을 들고 등장하더니 규환을 쳐다본다. 규환은 해탈을 보고는 담배를 다시 주머니에 집어넣고 머쓱한 듯 죄송하다는 고갯짓을 한다. 해탈이 규환 앞에 다가 오더니 손을 내밀어 담배를 내놓으라고 손짓한다.

규환 죄송합니다. 이런 데서 피면 안 되는 건데. 안 피겠습니다.

해탈은 다시 똑같은 손짓을 한다.

규환 안 핀다니까요. 삽은 좀 내려놓고 얘기하시죠.

해탈은 규환의 얘기에 신경도 쓰지 않으며 다시 똑같은 손짓을 한다. 규환은 어쩔 수 없다는 듯이 담배를 해탈의 손바닥에 올려

놓는다. 해탈은 다시 손짓을 한다. 그러자 규환은 라이터도 꺼내서 해탈의 손바닥에 올려놓는다. 해탈은 규환의 담뱃갑에서 담배를 꺼내 입에 물고 라이터를 켜려고 한다. 규환이 황당한 표정으로 해탈을 쳐다보는데 보살이 등장한다.

보살　해탈스님! 피지 마세요.

해탈은 보살의 말을 듣고는 순한 양처럼 담배와 라이터를 규환에게 돌려주고는 퇴장한다. 그 상황을 멍하니 쳐다보는 규환.

보살　(규환에게 인사하며) 성불하십시오.
규환　어?
보살　아! 특급형사시네. 일 안 하고 특급으로 내빼는 형사.
규환　더 급한 일이 있으니까 그렇죠. 근데 방금 그 분 스님 아닌가요?
보살　해탈스님이세요.
규환　근데 좀… 이상하신데요.
보살　스님이기도 하고 아니기도 하고. 보통 사람들은 땡중이라고들 부르기도 해요.

보살은 규환에게 인사하고는 해탈이 나간 곳으로 따라 나간다.

규환　(휴대전화 녹음기능을 켜고는 녹음한다) 해탈스님? 아니, 해탈!

아주 의심스러움. 뒤따라 나온 아주머니? 아니, 보살! 아주 조금 의심스러움. (녹음기능을 끄고는 주위를 둘러보기 시작한다)

규환이 주위를 둘러보고 있는데 보리와 가람이 다시 들어온다.

규환 (다시 녹음한다) 절에 젊은 여자 두 명. 왜 왔을까? (보리의 전화 벨 소리) 낯이 익어. 뒷모습이 어쩐지 두 명 모두 뭔가… 괜찮다. (이건 아니다 싶었는지 녹음을 지운다) 이건 지워. (다시 녹음한다) 젊은 여자 두 명. 알아볼 필요가 있을 것 같다. (녹음을 중지한 후 보리와 가람에게 다가선다)

보리와 가람은 규환을 신경 쓰지 않고 주위를 둘러보는 일에만 열중한다. 규환은 자신의 존재를 알리기 위해 헛기침을 하며 보리와 가람에게 다가선다. 보리와 가람이 돌아보지 않자 규환은 더 큰 기침을 한다. 그제야 보리와 가람이 쳐다본다.

규환 날이 참 좋죠?
가람 (규환을 보고) 어?
규환 어? 여긴 무슨 일이에요?
가람 두 발 달린 사람이 어디를 가든 그게 무슨 상관이에요?
보리 두 분 잘 아시는 사이인가 봐요?
가람 아뇨. 잘 몰라요.

규환	뭐요? 잘 몰라요? 아예 모릅니다.
보리	아, 그렇군요. 아예 모르는 사이군요. 저도 두 분 아예 모릅니다.
가람	저랑은 조금 알잖아요.
보리	아, 최 기자님은 조금 압니다.
규환	근데 무슨 일로 오셨어요?
가람	바람 좀 쐬려구요. 그쪽은요?
보리	취재 때문에 오셨다고 하지 않았어요?
규환	봐. 내가 이럴 줄 알았다니까. 냄새 맡았어요? 내 뒤 밟았죠?
가람	내가 뭐 개예요? 냄새 맡고 뒤를 밟게?
규환	술 마시면 그렇게 되더구만.
가람	예?
보리	두 분 아는 사이 맞죠?
가람·규환	아니라니까요!
보리	아, 죄송합니다.
가람	(보리에게) 미안해요. 놀랐죠?
보리	조금 많이 놀랐어요.
가람	(규환에게) 왜 괜히 와서 사람을 놀라게 해요?
규환	황당하네. 그냥 저분 잘 모시다가 조용히 가세요.
가람	예?
규환	공주 모시는 시녀처럼 아주 적성에 잘 맞는 것 같네요.
가람	시녀요? 제가요? 저 공주과 거든요.

규환   전생이란 게 있으면 분명히 시녀였을 거예요. (보리를 보
      며) 안 그래요? (보리가 대답이 없자) 근데 진짜 어떻게들 오
      셨어요?

가람   얘기했잖아요. 바람 쐬러 왔다니까요.

규환   자꾸 이러실 겁니까?

보리   일 때문에 왔는데요. 근데 왜…?

규환   예? 일이요?

가람   뭐 훔친 것도 아니고 좀 보면 안 돼요?

규환   예?

가람   죄송합니다. 출입통제라고 돼 있긴 했는데요. 그냥 궁금해
      서요.

규환   뒤에 들어간 거예요?

가람   알고 물어본 거 아니에요?

규환   하여튼 사람들이 통제를 안 따른다니까.

가람   아무것도 없는데 뭐 어때요? 바닥 파헤친 거밖에 없잖
      아요.

규환   현장보존을 해야죠. 현장보존!

가람   아무것도 안 건드렸어요.

보리   무섭게 왜 그러세요? 자꾸 그러면 경찰 부르겠습니다.

규환   제가 경찰이거든요. (신분증을 꺼내 보여주며) 저기 뒤 출입통
      제구역엔 왜 갔어요? 미라 발굴된 거 몰라요? 왜 들어갔
      어요?

가람   범인 심문하는 것도 아닌데 대답해야 돼요? 잠깐 가볼 수

도 있죠.

규환 협조 좀 하시죠. 서에 가서 말씀하실래요?

가람 기자가 못 갈 데가 어딨어요?

규환 취재 허가 받았어요?

보리 연구 때문에 갔어요. 저 문화재청에서 나온 보리 베베르입니다. (명함을 규환에게 준다) 여기요.

가람 어머, 그런 거였어요? 진작 말씀하시지. 저도 몰랐네요.

규환 아! 저는 이규환 형삽니다. 연구 때문에 오신 것도 모르고 정말 죄송합니다.

가람 죄송하시면 쏘세요. 맞을 게요.

규환 예?

보리 제가 쏘는 거 맞기로 했잖아요.

가람 한국에선 남자가 잘 쏴요. 예쁜 여자 두 명이랑 식사할 기회를 얻을 수 있는데 안 쏠 남자 없거든요.

규환 제가 총은 잘 쏴도 밥은 잘 안 쏘거든요.

가람 그럼, 됐어요.

규환 (보리를 가리키며) 이 분 얼굴 봐서 특별히 제가 쏘겠습니다.

보리 괜찮습니다. 두 분 다 그냥 저한테 맞으셔도 돼요.

규환 예? 아, 아닙니다. 제가 여자한테 맞는 건 싫어하거든요.

가람 (규환을 보며) 오늘 계 탄 줄이나 아세요.

규환 누가 할 소리!

보리 계탄? 그게 무슨 말이에요?

규환 외국에서 오셨어요?

보리	네.
규환	아, 어쩐지 이름이. 제가 외국은 좀 알거든요. 불문과 나왔습니다. 미국에서 오셨어요?
보리	아뇨.
가람	프랑스 교포세요. 불어로 설명 좀 해드리세요.
규환	봉쥬르? 쥬뗌머! (머뭇거린다) 제가 불어만 쓰면 과묵해져서요. 몽마르뜨 언덕의 예술가처럼 말이죠.
가람	모르면 모른다고 해요.
규환	제가… 전공은 불문이지만 영어를 더 잘합니다. 전공 공부를 외면했거든요.
보리	그럼 영어로 설명해주세요. 영어도 편하거든요.
규환	뭐 잘 한다기 보다는 불어보다는 상대적으로 덜 못한다는 걸로 정리하겠습니다. 뭐 드시겠어요? 아, 배고프네요.
보리	(재미있다는 듯이 웃는다)
규환	가시죠. (가람에게) 시녀님, 공주님 잘 모셔요.
가람	착각은 자유니까 알아서 하세요. 근데 발굴된 미라는 얼마나 된 거래요?
규환	8백년 정도는 됐다고 하더군요.
가람	그럼 조선시대 사람인가요?
보리	고려시대입니다.
가람	남자요?
규환	여잡니다.
가람	그렇게 오래된 걸 성별까지 밝혀내요? 대단하네요.

규환	귀걸이 했던데요. 그래서 나도 보고 바로 알겠던데요.
보리	그 당시에는 귀걸이를 한 남자도 있습니다.
규환	그래요? 요즘 시대랑 비슷하네.
가람	모르면서 나서다가 망신만 당하지.
규환	뭐요? 기다려 봐요. 요즘은 얼굴 생김새까지 복원할 수 있다니까요.
가람	우와!
규환	기자님은 돌아가시죠. 연구원 선생님과 제가 할 얘기가 있거든요.
가람	저랑 같이 해요. 제가 도움이 될 거예요.
규환	방해되거든요. 미리 정보가 흘러나가서 좋을 게 하나도 없거든요.
가람	제 취재기가 싹 정리돼서 특종으로 나가면 이 형사님께서도 좋잖아요. 미스터리를 파헤친 특급형사! 특진은 따 놓은 당상이죠.
규환	특급형사? 특진이요? 그래도 안 되는 건 안 되는 거예요.
가람	진짜….
규환	그래도 있을 거면 뭐 알아서 해요.
가람	잘 생각했어요. 근데 우리 식사라도 하면서 얘기 계속하죠. 배고파요.
규환	그래요. 우리 서로 도움이 될 것 같은데요. 가시죠.

규환이 앞서 걸으면 가람과 보리가 뒤따라서 퇴장한다.

〈제3장〉

부인사 술집. 보살이 바쁘게 움직이고 있다. 해탈이 술집 안을 이리저리 돌아다니다 자리를 잡고 눕는다. 잠시 후 규환, 보리, 가람이 들어온다.

규환 정말 술 쏘는 겁니까?

가람 밥을 얻어먹고 그냥 갈 수는 없잖아요. 특급형사님께 동동주는 한잔 쏠게요. 술집 이름이 절 이름이랑 똑같은 게 재밌잖아요. 이건 제가 궁금해서 못 넘어가겠어요.

규환, 보리, 가람이 술집 안으로 들어간다. 술집 안에서는 해탈이 혼자 자리에 앉아 술을 마시고 있다. 주방을 정리하던 보살이 인사하며 나온다.

보살 어서 오세요.

규환 (보살을 보고는 놀라) 어! 어떻게… 여기?

보살 왜요? 뭐가 이상합니까? 처음 보는 것도 아니면서. 낯 가려요?

규환 보살이라면서요?

보살 보살이기도 하고 아니기도 하고.

가람 술집 이름은 어떻게 절 이름으로 했어요? 그래도 괜찮아요?

보살   사찰 이름이 아니고 부인이 운영한다고 해서 부인삽니다. 오해하지 마세요.

규환   (해탈을 발견하고는) 저 분은 스님이라고 하지 않으셨어요?

보살   스님이기도 하고 아니기도 하고 그렇다니까. 살고 싶은 대로 살게 냅둬요. 참 순진하시네. 술 마시기 전에는 사람이다가 술 마시면 개가 되는 경우도 있잖아요. 뭐, 그거랑 비슷한 거지. 이해가 되죠?

규환   (가람을 보며) 아! 그러네요.

가람   왜 날 봐요? 난 그냥 잔다니까.

보살   이해하고 못하고도 없어요. 그냥 다 해탈하는 경지가 되면 (해탈을 가리키며) 저 경지가 아니 저 지경이 되는 거지요. 근데, 뭐?

규환   예?

보살   뭐?

가람   동동주랑 해물파전이요. 다른 것도 뭐 있으면 알아서 주세요.

보살   예, 기다려요. (주방으로 들어간다)

보리   해탈은 무슨 말이에요?

가람   해탈 뜻 몰라요? (규환에게) 설명 좀 해줘요.

규환   그게… 그러니까…. 해 썬, 탈 마스크. 썬마스크… 팩을 하면 얼굴이 안 탈 텐데. 해탈할 텐데….

가람   예? 뭔 소리야? 몰라요?

규환   아이, 그 참. 설명하기가… 그쪽이 해 봐요.

보리   괜찮아요. 제가 통밥 굴려서 생각해볼게요.

가람·규환 예…?

보리   학생들한테서 한국말 많이 배웠어요. 걱정하지 마세요.

해탈이 자리에서 일어나 빈 술잔을 들고 규환 옆에 와서 앉는다.
그리고는 빈 잔을 들어서 규환 앞에 내밀고는 술을 달라고 잔을
흔든다.
해탈이 직접 가서 술을 들고 온다. 자기 잔부터 채우고 한잔 마
시더니 규환, 보리, 가람에게도 한 잔씩 따라주고는 그들 옆에
앉는다.

가람   (해탈에게) 이미 많이 드신 것 같은데 괜찮으세요?

해탈   (다시 자기 잔에 술을 붓는다) 그럼.

규환   진짜 해탈하셨네.

보리   해탈이 무슨 말인지 대충 알겠어요. 방금 제대로 통밥 굴
        러왔어요.

해탈   왜 왔어? 도대체 왜 왔어?

가람   누구요? 저요?

해탈   다!

규환   스님은 왜 여기에서 이러고 계세요?

해탈   내가 잘못한 게 많아서 여기서 이러고 있지.

규환   예? 그럼 혹시… 민증 있어요? 좀 봅시다.

해탈	내가 누군지 몰라?
규환	누구신데요?
가람	아는 사이인가 보네. 잘 봐요.
규환	글쎄요. 내가 아는 사람이라면 경찰 아니면 범인인데. 민증 쥐 봐요. 진짜 지은 죄가 있는 거 아닙니까?
해탈	세상에 죄 없는 사람이 어딨어? 왜 나만 가지고 그래?
규환	이 아저씨 진짜 수상하네.

규환이 자리에서 일어나 해탈의 몸수색을 하려고 한다. 이때 보살이 주방에서 안주를 들고 나온다.

보살	뭐하는 거예요?
규환	아무래도 이 분 이상한데요.
보살	(안주를 차려주며) 그래도 스님한테 그러는 거 아니지.
가람	근데 스님이 술, 담배도 해요?
해탈	난 땡중이다.
보살	(탁자를 치며) 땡땡땡.
규환	도대체 이 분, 언제부터 여기 계신 거예요?
보살	젊은이들 태어나기 전부터. 여기를 떠난 적도 없다니까.
규환	그래요?
보리	그럼 이곳에서 있었던 일도 다 잘 알고 있겠네요.
해탈	여기에서 있었던 일들이 궁금해?
보리	예.

해탈	그냥 잊고 살아.
가람	말씀해보세요.
해탈	그건 끄집어내서 뭐하게?
규환	그래야 잃어버린 걸 찾죠. 아니 도둑맞은 거!
보리	그게 뭔데요?
규환	아직 잘 모르겠어요.
가람	뭐야! 뭔지도 모르고 어떻게 찾아?
해탈	이제 와서 그건 왜? 그냥 살던 대로 살아.
규환	뭐가 있긴 있네요.
해탈	우리 모두 관계가 있지.
가람	예?
보살	어쩐지 오늘 해탈스님 눈빛이 이상했어.
규환	원래 이상하신 거 아니에요?
보살	오늘 좀 더 이상해요.
해탈	우리 서로 처음 보는 것 같아?
보리	저 아세요?
가람	프랑스에 사는 사람을 어떻게 알아요? 그럼 나도 안다고 하겠네요.
해탈	알지. 잘 알지.
규환	가서 술이나 드세요.
해탈	여기 다 모였어. 결국 다시 모이고야 말았어. 이제 다시 올 거야. 또 다시!
보리	뭐가 온다는 거죠?

갑자기 천둥과 번개가 몰아친다.

규환   (해탈에게) 비 온다는 얘기였어요? 관절염 있으신가 봐요.

가람   진짜 귀신이다. 근데 멀쩡하던 날씨가 왜 이래?

보리   좀 서늘한 게 무서운데요.

규환   날씨 좀 흐린 거 가지고 왜 그러세요? 기껏해야 비밖에 더 오겠어요?

해탈   오고 있다니까.

규환   비요? 비는 아직 안 오는데요.

보살이 주방에서 나와 해탈 옆으로 조용히 다가온다.

해탈   온다, 와.

보살   파 뽑아 온다, 와.

규환, 보리, 가람은 뒤에서 조용히 나타난 보살의 목소리에 놀란다.

보살   뭘 그렇게 놀라요? 파가 없어서. 좀만 기다려요. 스님, 가서 파 좀!

해탈   (자리에서 일어나며) 오고 있어.

보살   난 여기 왔고 스님은 갔다 오라고요. 파! 밥값은 좀 하고 사셔야지.

해탈   날 어떻게 보고? 그래, 얼마나 뽑아오면 되겠소?

보살　여기 있는 사람들 배불리 먹을 만큼이요.

해탈　어차피 떠날 수도 없는 몸, 오기 전에 다녀오리다.

해탈은 마치 수행자처럼 의미심장한 눈빛을 보내고는 밖으로 나간다. 규환, 보리, 가람은 그 모습을 진지하게 바라보는데 보살은 아무렇지도 않은 듯 다시 주방으로 들어간다.

가람　여기 분위기 참 독특하네요.

규환　(해탈이 나가는 걸 보고는 자리에서 일어나며) 저기 저, 잠깐.

가람　화장실이요?

규환　예.

가람　왜 그렇게 짧대? 아까 식당에서도 갔으면서. 결혼이나 할 수 있으려나 몰라.

규환　예? 여자가 무슨 말을 그렇게….

가람　특급형사님 건강 생각해서 그러잖아요.

규환　내 건강은 내가 챙길 테니까 신경 끊으세요.

가람　화장실 어딘지 물어보고 가세요.

규환　밖으로 나가서 좌측입니다.

가람　여기 와보셨어요?

규환　원래 특수요원의 예리한 눈은 한 번 본 상황과 지형지물을 정확히 숙지하는 법이죠.

가람　짧으신 분이 얘기는 길게 하시네. 새겠어요. 꽉 잡고 빨리 가보세요.

규환 말을 참 곱게도 하십니다. 저 너무 길어서 오늘 안 올 수도 있으니까 기다리지 마세요.

가람 방황하지 말고 바로 들어오세요.

규환이 밖으로 나간다. 조금 전보다 더 세게 천둥과 번개가 몰아친다.

암전.

〈제4장〉

부인사. 해탈이 삽을 든 채 규환을 노려보고 있다. 규환은 총이
있는 가슴에 손을 넣고 해탈과 대치하고 있다.

해탈 왜 여기까지 왔어?

규환 그러는 아저씨는 아니 해탈스님은 파 뽑으러 나가신 분이
여기는 왜 오셨을까요? 파 뽑는데 그 삽까지 필요한가?

해탈 온다, 와!

규환 이미 왔잖아요. 그러니까 제가 묻는 말에 대답 좀 해주세
요. 아니면 서에 가서 본격적으로 시작해야 되는데 그러
면 서로 좋을 거 없거든요. 험한 꼴 보실 필요 없잖아요.
그러니까 우리 쉽게 가자구요. 아셨죠? 일단 삽부터 내려
놓고.

해탈 알려고 하면 모르게 될 것이오.

규환 그래도 알아야 되거든요.

해탈 잡으려고 하면 놓칠 것이오.

규환 제가 형사예요. 재수 없는 말씀하지 말고 협조하세요. 이
름? 해탈 말고 본명이 어떻게 돼요?

해탈 업보요.

규환 업보? 업 씨가 어딨어? 성은? 뭔 업보요?

해탈 업보도 모르는 것이 인간이지요.

규환	아! 그 업보? 그러지 말고 이름을 말해 봐요. 아냐 됐고. 여기 언제부터 있었어요? 미라가 발굴되던 그날은 어디에 있었어요?
해탈	떠나고 싶어도 못 떠나는 걸 아시오?
규환	그러니까! 그렇죠? 뭔가 있으니까 못 떠나는 거죠?
해탈	있지.
규환	이제 말이 좀 통하네. 혼자 속에 담아두지 말고 털어 봐요. 그러면 맘이 편하다니까요. 내가 정상은 참작할 테니까요.
해탈	담지 말고 비우면 편해지지.
규환	저기 뒤에서 뭐 본 거 정말 없어요? 가져간 것도 없고?
해탈	가지려고 하면 잃을 것이고 잡으려고 하면 놓칠 것이니. 아직은 때가 아니다. 모든 일에는 순서가 있는 법.
규환	순서? 그래요. 영장이 없으니까 이렇게 무시하시겠다? 그 겁니까?

해탈, 하늘을 올려다보며 말이 없다.
두 팔을 벌려 모든 걸 받겠다는 표정으로 눈을 감는다.

규환	이젠 아예 묵비권을 행사하시겠다? 참, 대단하십니다. 대단해. 여기서 이러지 말고 일단 돌아가시죠. 해탈스님! 두 팔 접고 파나 뽑아서 가시자구요.
해탈	그래, 파! (삽을 두 손으로 총처럼 잡는다) (규환, 총이 있는 가슴에 손을 넣는다) 파!

규환 알았다니까요. 파.

해탈 파!

규환 자꾸 파, 파 하시네. 대파, 쪽파, 무슨 파? 뭐, 문화재털이
      파? 아니면 땅이라도 파? 어! 잠깐. 여기 묻혀있던 거 원래
      아니셨던 겁니까?

해탈 나무아미타불 관세음보살.

규환 안다는 얘기예요? 모른다는 얘기예요?

해탈 백년도 못 사는 인간이 천년의 시간은 알아서 뭐하겠소?

규환 그 천년에 비밀이라도 있다는 얘기예요?

해탈 비밀이랄 것도 없지. 내 얘기고 그대의 얘기니까.

규환 또 뭔 말이에요?

해탈 온다, 와.

해탈은 아무런 일도 없었다는 듯이 삽을 메고 나간다.

천둥과 번개가 몰아친다. 규환은 그 소리에 놀라 총을 꺼내 주위
를 경계한다. 그리고 하늘을 올려다보더니 민망한 듯 총을 집어
넣고 나간다.

암전.

〈제5장〉

경찰서. 가람이 규환의 자리를 뒤지고 있다.

가람   뭔가 있을 것 같은데. 뭐가 이렇게 깨끗해? 일을 하는 거
야? 마는 거야?

규환이 가람의 모습을 관찰하며 나타난다.

규환   최 기자님, 그만 돌아가세요. 기자라는 사람이 뭐하는 짓
입니까?

가람   기자니까 이러는 거죠. 어젠 짧다고 해서 삐쳐서 가버린
거예요? 여자 둘만 남겨놓고 가면 어떡해요? 남자가 없으
니까 술맛이 안 나서 바로 쫑했단 말이에요.

규환   그러니까 최 기자와 나는 다른 겁니다.

가람   우리가 다를 게 뭐가 있어요? 뭔가 사건을 파헤쳐 진실을
찾아내는 건 같잖아요. 전에 이 형사가 그렇게 얘기했잖
아요.

규환   그땐 아무것도 모르던 때입니다. 시간을 되돌릴 수는 없
습니다.

가람   나는 돌릴 수 있어요. 다 버릴 수 있다니까요.

규환   특종도 버릴 수 있어요?

가람	그건 안 되죠.
규환	그것 봐요.
가람	열혈형사님께서 왜 이러세요? 아니, 특급형사님께서!
규환	진짜 그렇게 쓸 거예요? 특급형사로?
가람	당연하죠. 특진하셔야죠.
규환	실마리 풀릴 때까진 반장님한테도 보고 안 할 거니까 알아서 해요.
가람	그럼요. 절대 사전에 정보유출 안 해요. 나도 데스크에도 보고 안 할게요. 우리 잘 해봐요. (규환에게 손을 내밀어 악수를 청한다)
규환	(가람과 악수하며) 잘 해 봅시다.
가람	이제 어디서부터 본격적으로 시작하는 건가요?
규환	원점에서부터죠.
가람	원점이라면?
규환	최초 발견한 사람이 빼돌렸을 가능성이 제일 높다고 봐야죠.
가람	그게 누군데요? 그 사람부터 조사하죠.

강 씨가 투덜거리며 들어온다.

규환	(강 씨에게) 여깁니다.
강 씨	바빠 죽겠는데 또 무슨 일입니까?

가람은 자연스럽게 뒤로 피하더니 두 사람의 얘기를 들으려고 자세를 잡는다.

규환   앉아 보세요.

강 씨   앉으라고 하면 내가 앉고 그래야 돼요?

규환   그럼 서 계시던가요.

강 씨   피곤하니까 앉지요. (자리에 앉는다) 진짜 왜 불렀어요?

규환   아무리 생각해도 이상해서요.

강 씨   뭐가요?

규환   그 지역 땅이 거의 다 선생님 소유라면서요?

강 씨   선생님은 아니고 강 사장입니다.

규환   예. 강 사장님 소유 맞습니까?

강 씨   제 입으로 말하긴 좀 그렇지만 제가 유지죠. 포도밭 그 남자 아닙니까?

규환   포도농사 크게 지으시더라구요. 계속 그렇게 농사만 지으시는 건가요?

강 씨   아뇨. 아주 멋지게 개발해야죠.

규환   그것 때문인 거죠?

강 씨   예?

규환   그래서 당신이 빼돌린 거죠?

강 씨   당신 아니고 강 사장이라니까요. 근데 뭘 빼돌려요?

가람   그거야 빼돌린 사람이 잘 알겠죠.

규환   (가람에게) 빠져 있어요.

강 씨   뭔 소리예요? 빼돌리긴 뭘 빼돌려요?

규환   미라가 가슴에 품고 있던 거요.

강 씨   그게 뭔데요? 형사양반도 모르는 걸 나한테 물으면 어떡
       합니까? 그러니까 그걸 내가 빼돌렸다고요? 내가 왜 그래
       요? 그런 게 있으면 관광객들로 넘쳐날 텐데. 그럼 내가
       정말 대박 나는 건데. 내가 거기 사둔 땅이 얼만데.

규환   문화재가 발굴되면 개발도 못하고 계속 기다려야 되니까
       재산권 침해가 말이 아니죠. 그렇잖아요.

강 씨   그런 건 있죠. 내 친구는 경주에 땅 샀다가 그냥 그걸로 끝
       났어요. 개발하려고 땅을 팠는데 문화재 나오고 옆에 파
       니까 또 나오고 그 옆에 팠는데 또 나오고. 그냥 아주 문화
       재 밭이야, 문화재 밭. 뭘 할 수가 없는 거죠.

규환   그러니까 개발을 위해서 발견된 문화재를 몰래 빼돌릴 수
       도 있잖아요.

강 씨   예?

규환   예를 들어서 말이죠. 그렇지요?

강 씨   그럴 수도 있겠네요.

규환   인정하는 겁니까?

강 씨   예?

가람   방금 예라고 했어요. 인정했죠?

강 씨   예가 아니고 예? 라고 했거든요.

규환   최 기자는 좀 빠져있으라니까요.

가람   취조는 내가 더 잘 할 수 있는데.

규환	취재 아니거든요.
강 씨	지금 무고한 사람 의심하는 거죠?
규환	상황이 딱 최초 발견자를 의심할 상황이잖아요. 경찰이랑 문화재청에서 나오기 전에 강 사장님 말고는 아무도 없었으니까요.
강 씨	아니에요. 있었어요.
규환	누가요?
강 씨	맨날 거기에 있는 사람이요. 해탈!
규환	해탈스님이요?
강 씨	스님은 무슨. 땡중도 못 돼요. 해탈이 거길 다 팠다니까요.
규환	포크레인으로 정밀하게 팠다면서요?
강 씨	처음에 포크레인으로 파다가 나중엔 해탈이 삽으로 팠죠. 요즘 술을 많이 마셔서 손이 자꾸 떨려요. 그래서 그렇게 정밀하게 안 돼요.
규환	그걸 왜 이제 얘기하는 겁니까?
강 씨	포상금 나누게 될까 봐 그랬죠.
규환	그 스님은 땅을 왜 판 겁니까? 알바라도 한 거예요?
강 씨	취미가 여기저기 땅 파고 덮고 다니는 거예요.
규환	왜요?
강 씨	그건 나도 모르죠. 암튼 내가 신고하고 나서 문화재청에서 나올 때까지 그 사이에 해탈이 있었으니까 해탈이 가져갔겠네. 맞네. 딱 답이 나오네요.
가람	해탈 소환해서 조사하시죠.

강 씨 전 가 봐도 되죠?

규환 예, 가보세요. 아무 말씀도 하지 마시구요.

강 씨 예, 경찰서 온 게 뭐 자랑이라고 남들한테 얘기하겠어요. 안녕히 계십시오.

강 씨는 일어나서 나가며 어디론가 전화를 한다.

강 씨 여보세요. 나 경찰서야. 무고한 사람을 막 조사하는 거야. 근데 내가 털어서 먼지 하나 안 나는 사람이잖아. 형사가 무릎 꿇고 사과하길래 용서해주고 나가는 길이야. 그래도 두부는 먹어야겠지? 하나 사갖고 와라. 그래, 그래.

강 씨는 규환을 보고는 윙크하더니 퇴장한다.
암전.

⟨제6장⟩

현재. 부인사 술집. 비는 내리지 않는데 계속해서 천둥과 번개가
몰아친다. 보리와 해탈이 각각 따로 앉아 있다

해탈 온다, 와!

보리 뭐가 온다는 거죠?

강 씨가 들어온다. 보리가 강 씨의 등장에 순간적으로 놀란다. 보
살은 안주를 들고 나오다가 강 씨를 본다. 하지만 안주를 보리의
테이블에 놓는 것에 신경을 쓸 뿐 강 씨를 모른 척한다.

강 씨 지랄! 날씨가 아주 지랄 맞네. 누구한테 천벌이라도 내리
려고 그러나? 마른하늘에 날벼락이 계속이네.

보살 오늘은 또 뭔 일이래? 강 씨가.

강 씨 강 사장이라니까. 그리고 내가 내 발로 오는데 뭔 이유가
필요하나? 오늘 끝장을 보자.

보살 안 판다니까.

강 씨 그러다 나중에 후회한다니까.

보살 후회를 해도 내가 하는 거니까 신경 쓰지 마. 한번만 더 까
불면 진짜 고소할 줄이나 알아.

강 씨 그러지 말고 팔아. 뒤쪽엔 미라인가 뭔가가 나와서 이 자

리 아니면 안 돼.

보살 난 몰라. 안 팔아. 절대 안 팔아.

강 씨 술도 안 팔아? 비싼 안주에.

보살 그건 팔지. 가서 앉아. (주방으로 들어간다)

강 씨 (해탈을 보며) 아직 멀쩡하시네.

해탈 이게 다 너 때문이야.

강 씨 왜 멀쩡한 나보고 그래요?

해탈 욕심은 많아 가지고.

강 씨 아저씨가 더 그래. 내가 뭔 욕심이 있어? (보리에게) 아, 또 뵙네요. 저기 초면도 아닌데 합석해도 될까요?

보리 그러세요.

강 씨 (자리를 옮기며) 문화재청에서 나왔다 했죠. 근데 여기에 얽힌 재밌는 얘기 알고 있습니까?

보리 재밌는 얘기요?

해탈 왔어. 다시 오고야 말았어. (자리에서 벌떡 일어난다)

규환과 가람이 들어온다.

규환 아이고. 여기 다들 계셨네요. (해탈에게) 앉아계세요.

해탈 (자리에 앉으며) 왔어.

가람 보리 씨, 또 뵙네요.

보리 안녕하세요.

강 씨 (규환에게) 초면도 아닌데 합석하실래요?

규환　(자리에 앉으며) 근데 두 분 아는 사이였나요?

강 씨　(보리를 가리키며) 문화재청에서 나오신 분이잖아요. 발굴하러 맨 처음에 오신 분이죠.

보리　운이 좋게 여기에 있었습니다.

해탈　오고야 말았어. (자리에서 벌떡 일어난다)

규환　(해탈에게) 앉아계세요.

보살이 주방에서 나오다가 그 모습을 보고 규환을 째려본다.

해탈　(보살을 보더니 의기양양해져서) 온다, 와!

해탈은 밖으로 나간다. 보살은 걱정스러운 듯 해탈을 뒤쫓아 나간다.

강 씨　그냥 저러고 돌아다니니까 내버려 둬요. 금방 또 들어 와요.

보리　(강 씨에게) 재밌는 얘기는 언제 할 겁니까? 계속 기다려야 됩니까?

규환　그게 뭐죠? 얘기해 봐요.

강 씨　분위기 다 깨놓고는….

가람　얘기 잘 하실 것 같은데요.

강 씨　그렇죠? 내가 말빨이 좀 장난이 아니에요. 한번 맞춰 봐요. 진짜 깜짝 놀랄 만큼 중요한 얘기니까요.

규환　문화재 털이범 얘깁니까?

가람	부인사 초조대장경 역사 얘기 아니에요?
보리	여기 살았던 사람들 얘기 아닐까요?
강 씨	정답은… 세 분 다. 그 모든 얘기가 여기 다 있으니까요.
규환	그럼 문화재 털이범에 대해 안다는 얘기네요. 얘기 좀 해 보시죠?
강 씨	지금 안다고 잡을 수가 있나. 아주 옛날 일인데.
규환	예? 얼마나 옛날 일이요? 공소시효 지난 거예요?
강 씨	공소시효…? 그런 건 잘 모르겠고요. 우리 태어나기도 전 일인데요.
규환	옛날 얘기는 해서 뭐해요? 지금 얘기를 해야지.
가람	옛날 얘기가 다 역사라는 거예요. 잘 알지도 못하면서.
규환	나도 다 알아요.
강 씨	두 분 티격태격 하는데 그러다 정 들어요.
규환	예? 정은 무슨… 딱 봐도 전생의 악연 때문에 만난 것 같 거든요.
가람	누가 할 소린지 모르겠네. 그쪽이 왜 놀라요? 내가 더 놀 랄 일인데.
강 씨	젊은 남녀가 정이 드는데 놀랄 일은 또 뭐요? (보리에게) 안 그래요?
보리	대신에 책임이 따르죠.
강 씨	아가씨 아주 말 똑 부러지게 잘 하네. 맞아. 요즘 것들은 책임감이 없어.
보리	옛날 것들도 똑같잖아요. 아니에요?

강 씨	아… 그것도 맞는 말이네. 우리나라가 애들 수출 많이 했잖아.
규환	수출이라뇨? 해외입양이죠.
강 씨	그게 그거 아닌가?
가람	아저씨 부인사 얘기나 해보세요. 뭐 전설 같은 거예요?
강 씨	책임감에 관한 얘기죠. 책임감만 제대로 갖고 있어 봐요. 왜 불태웠겠어? 지킬 건 지켜야지.
보리	초조대장경이요?
규환	그게 혹시 사람이 가슴에 안을 수 있을 정도의 크기인가요?
보리	맞습니다. 그 정도 크기입니다. 인쇄본을 보면 알 수 있죠.
강 씨	그래요? 난 초조대장경을 못 봐서 몰라요.
규환	정말 못 보셨어요?
보리	없으니까 당연히 못 보죠.
강 씨	그렇죠.
보리	초조대장경은 불에 타버리고 없잖아요.
강 씨	불에 타버린 게 아니라 불에 태운 거지.
규환	불에 탄 거나 태운 거나.
가람	아니죠. 이 얘기는 누군가 일부러 불을 태웠다는 얘기잖아요.
강 씨	그렇죠.
규환	아저씨가 태웠어요?
강 씨	예? 아뇨!

보리 　몽고군 별동대가 와서 불태웠잖아요. 이게 정설입니다.

강 씨 　그런 얘기도 있고.

강 씨 　마을사람들이 불태웠다는 얘기도 있어요.

가람 　아! 국보를 뺏기지 않으려고 일부러 불태워서 없앴다 그 건가요?

강 씨 　아가씨 똑똑하네. 말 이해하고 추리하는 게 마치 글 쓰는 사람 같네. 글 써도 되겠어요.

가람 　저, 기자예요.

강 씨 　아, 어쩐지.

보리 　거란 침입 때 나라를 지키자고 만들었는데 몽골 침입 때 없어진 거죠. 역사의 아이러니죠.

규환 　아! 그래요? 그러면 그게 불에 탄 게 얼마나 된 겁니까?

보리 　약 8백 년 전이지요.

규환 　8백 년이요?

강 씨 　"전설 따라 삼천리" 이 이야기는 대구 팔공산 부인사에서 내려오는 이야기입니다. 모여들 봐요.

천둥과 번개가 몰아치며 암전.

〈제7장〉

고려시대. 부인사. 천둥과 번개가 몰아치고 있다. 해탈이 파를 들고 들어오며 주위를 두리번거린다.

해탈 도대체 어디를 간 거야? 혹시?

보살이 반대편에서 들어오다가 해탈의 모습을 보고는 달려온다.

보살 (파를 보며) 그건 뭡니까?

해탈 나보고 가져오라고 하지 않았소?

보살 예? 제가요?

해탈 아, 아니오. 근데 규환이는 어디 갔소?

보살 글쎄요. 조판 막바지라 시간이 없는 것 같더니 어디를 간 것일까요?

해탈 규환이 이놈이….

보살 집안 대대로 대장경 조판만 했어요. 어릴 때부터 보아온 게 조판이 전부인데 지겹기도 하겠지요.

해탈 그래도 이 일이 어떤 일이오? 나라를 지키기 위해 만든 대장경을 개경 흥왕사에서 이곳 부인사로 옮겨온 게 벌써 백년이 되었소.

보살 그렇지요. 그래서 문제가 생긴 판본을 다시 조판하게 된

게 아닙니까?

해탈 맞소. 판본에 문제가 생기니 나라에도 문제가 생기게 된 것이오. 그 문제를 수습할 방법은 문제가 된 판본을 새로 조판하는 것이구요.

보살 국운이 걸린 문제니까요. 이제 곧 끝이 나니 잠시 쉰다고 너무 야단치지 마세요.

해탈 업보를 끊기 위해서라도 조판에만 매달리라고 그렇게 일렀는데.

보살 예? 업보요? 뭔 업보요?

해탈 그걸 다 알 수는 없지요. 그래도 이번에는 악연을 떨쳤으면….

보살 또 전생의 인연을 말씀하시는 거예요?

해탈 그렇소. 규환, 가람, 보리는 이미 몇 번의 전생에서 서로 얽혀있는 악연이오. 악연을 끊기 위해 어릴 적부터 함께 있었는데 차라리 서로 만나지 않는 게 나을 수도 있었소. 왜 미리 그렇게 하지 못했는지 후회가 될 뿐이오.

보살 (파를 가리키며) 그건 그만 제게 주시지요.

해탈 됐소. 왜 가져왔는지는 모르겠지만 내가 들고 왔으니 내가 가지고 가겠소.

해탈과 보살은 퇴장한다. 숨어 있던 규환이 가람과 함께 나타난다.

규환 아가씨, 그만 돌아가세요.

가람	난 귀족의 허울 같은 건 버릴 수 있다. 어릴 적 아버님의 손을 잡고 이곳에 온 그날부터 넌 언제나 내 마음에 있었다. 해탈스님이 왜 아버님을 설득해 나를 이곳으로 데리고 왔는지는 알 수 없지만 어쨌든 이런 게 바로 인연 아니겠느냐?
규환	전 그저 왕명으로 대장경을 조판하는 하찮은 잡니다.
가람	하찮다니? 네 말처럼 왕명으로 일하는 귀한 인재이다. 너의 그 손이 고려를 위협하는 오랑캐를 막는 힘이다. 너야말로 고려의 보배다. 그리고 나의 보배임을 왜 모르느냐?
규환	그래도 아가씨와 저는 다른 존재일 뿐입니다.
가람	어릴 적을 생각해 보아라. 우리가 다를 게 뭐가 있느냐?
규환	그땐 아무것도 모르던 때입니다.
가람	그래, 그렇게 아무것도 모르던 때가 차라리 좋았지. 그때로 돌아가면 안 될까?
규환	시간을 되돌릴 수는 없습니다.
가람	나는 돌릴 수 있다. 다 버릴 수 있다.
규환	그래도 안 되는 건 안 되는 겁니다.
가람	내가 다 버린다는데도 안 되는 이유가 무엇이냐?
규환	아가씨와 저는 다른….
가람	그런 거 말고 진짜 이유가 뭐냐?
규환	우리는… 인연이 아닙니다.
가람	아니다. 조판이 끝나면 그때 다시 얘기하도록 하자. 기다리겠다.

가람은 규환을 두고 돌아서서 나간다. 가람이 나가자 숨어있던 보리가 먹을거리가 든 바구니를 들고 규환에게 다가온다.

보리 오라버니. 가람 아가씨랑 무슨 말 했던 거야?

규환 별 말 아니야.

보리 어렸을 땐 동무였는데 지금은 쳐다보기도 힘든 귀족아가 씨잖아. 예쁘고!

규환 내 눈엔 네가 더 예뻐. 대장경 조판도 이제 곧 끝나. 그럼 우리 혼례를 올리자.

보리 해탈스님은 오라버니를 스님으로 만들려고 하시잖아.

규환 내가 무슨 스님이야? 술 좋아하고 여자 좋아하는데.

보리 뭐? 여자?

규환 아니, 보리 너!

규환이 웃으며 보리를 안는다. 보리도 규환에게 안겨 웃고 있다. 그런데 퇴장한 줄로 알았던 가람이 뒤편에서 규환과 보리의 모습을 지켜보고 있다. 이때 해탈과 보살이 등장한다. 그 인기척을 듣고 가람은 퇴장한다.

해탈 (규환과 보리가 서로 안고 있는 것을 보고) 무슨 짓이야!

규환은 보리가 들고 있던 바구니를 들고 보리에게서 떨어진다.

해탈　신성한 조판 작업에 매달려야 할 사람이 여색이라니!

보살　오누이처럼 자랐다고는 하나 젊은 남녀인데 그럴 수도 있지요.

해탈　알고 있으면서 말리지 않고 그동안 뭘 하신 게요?

보살　(갑자기 시침을 떼며) 저는 모르는 일입니다.

규환　(바구니를 내밀어 보이며) 보리가 먹을 것을 가져와서요.

보리　드시고 하시지요.

해탈　다시 악연을 만들고 싶지 않다면 이번 생에 끝내야 한다.

규환　그게 도대체 무슨 말씀이십니까?

해탈　답답한 놈! 내가 그렇게 일렀는데… 내가 그동안 벽을 보고 말했구나.

규환　이제 얼마 남지도 않았습니다.

해탈　그런 자세로 조판해서 대장경이 얼마나 갈 것 같으냐?

규환　집안 대대로 평생을 바친 일입니다. 어찌 그렇게 말씀하십니까?

해탈　인간의 평생이라고 해봤자 얼마나 될 것 같으냐? 그래봤자 찰나일 뿐이다.

규환　아버지, 할아버지, 증조할아버지, 고조할아버지, 그리고 저까지 집안 대대로 피와 땀이 서린 일입니다.

해탈　그 피와 땀을 네가 다 지우고 있는 거야. 불길한 기운으로!

보살　그만하시지요. 규환이가 뭘 안다고….

해탈　악연을 피하려면 규환이 네가 승려가 되는 방법밖에 없다.

규환   저는 싫습니다.

이때 가람이 강 씨(대장경 경호 장군)와 함께 들어온다.

해탈   (가람에게 인사하며) 아가씨, 아직 돌아가지 않으셨군요.

가람   이 불경스러운 모습을 두고 어찌 그냥 돌아간단 말이오?

해탈   예?

장군   왕명을 수행중인 자가 계집에 빠져 나랏일을 망치고 있으니 개탄할 일이구나.

가람   저 젊은 장인의 마음을 어지럽힌 계집의 탓이 더 크지 않겠소?

장군   듣고 보니 아가씨의 말씀이 옳군요. 저 죄인을 처단하겠습니다.

보리   아가씨, 살려주세요. 아가씨!

규환   아가씨, 어찌 이러십니까? 당장 그만 두게 하십시오.

가람   그럼 너의 목을 쳐야 되겠느냐?

해탈   아가씨….

가람   안 되겠지요? 대장경 조판이 아직 남았으니 계집의 목을 치는 것이 맞겠지요?

규환   보리의 목을 치면 제가 조판을 하지 않을 겁니다. 차라리 제 목을 치십시오.

가람   네 목을 치나 계집의 목을 치나 조판을 못하는 것은 마찬가지란 얘기겠지?

해탈   그렇습니다. 아가씨, 제발 화를 누르시고 부디 대장경 국
        사의 완성을 생각하십시오. 왕명을 어길 수는 없는 일입
        니다.

장군   왕명을 어긴 것은 저 둘이오. 그리고 조판을 하는 이가 이
        자만 있는 것은 아니니 걱정할 게 뭐가 있소?

해탈   규환은 집안 대대로 초조대장경 조판에만 매달려온 우리
        고려 최고의 조판장인입니다. 왕명 없이 누구도 규환의
        목을 벨 수는 없습니다.

장군   그렇다면 왕명 없이도 벨 수 있는 저 계집의 목을 가져가
        야겠군.

가람   (장군을 제지하며) 기다리세요. (규환을 보며) 당장 조판을 시작
        해서 남은 일을 끝내라. 그때까지는 보리의 목숨을 살려
        주겠다.

규환   어차피 거둘 목숨이라면 지금 당장 저부터 가져가시지요.

가람   목숨이 두렵지 않다? 보리도 그렇게 생각하고 있을까?

보리   아가씨, 살려주세요. 아가씨!

규환   제가 조판을 끝내고 나면 우리 둘의 목숨을 거둘 것입
        니까?

가람   어떠한 잡념도 없이 조판을 완성한다면, 정말 그럴 수 있
        다면 어떠한 책임도 묻지 않겠다. 그것이 왕명이니.

규환   그렇다면 조판의 평가는 어떻게 하시겠습니까?

가람   해탈스님이라면 한 치의 거짓 없이 판단하실 수 있겠지요?

해탈   관세음보살.

가람　자, 이제 자리를 비우고 고려장인의 목숨을 건 조판결과
　　　　를 기다리도록 하지요.

　　　　가람의 손짓에 따라 모두 퇴장한다. 가람도 그들을 따라 나가다
　　　　가 혼자 남은 규환을 뒤돌아보며 쓴웃음을 짓는다.

가람　마음을 비우는 게 과연 가능할까?

　　　　가람이 퇴장하고 나면 규환은 뒤편에 있는 작업실 안으로 들어간
　　　　다. 조판 작업을 하는 규환의 그림자가 비친다. 낮과 밤이 반복되
　　　　고 궂은 날씨와 맑은 날씨가 반복된다. 규환의 그림자는 멈추지
　　　　않고 계속 작업에 열중하고 있다. 그러던 중 갑자기 천둥과 번개
　　　　가 몰아치며 암전.

〈제8장〉

현재. 부인사 술집. 강 씨는 규환, 보리, 가람이 자신의 얘기에 집중하며 귀를 기울이자 갑자기 탁자를 치며 벌떡 일어난다.

강 씨   드디어!

가람   아! 애 떨어지겠어요.

강 씨   (자리에 앉으며 조심스럽게) 처녀 아니었어요?

규환   그러게 말이죠. 처녀가 못하는 말이 없네. 처녀가 아닌가?

가람   처녀 맞거든요. 이 아저씨가 어디서 막말을 해요?

규환   아저씨라뇨? 나 총각이거든요.

보리   그래요. 처녀가 애를 가져도 할 말은 있다잖아요. 저도 이젠 이해할 수 있어요.

가람   예? 보리 씨 그 속담이랑 지금 상황이 안 맞거든요.

보리   아, 죄송합니다.

가람   어쨌든 그래서 어떻게 됐죠? 혼자서 무사히 조판을 끝냈나요?

강 씨   그랬지.

보리   정말 완벽하게 끝냈나요?

가람   그래요. 잡념 없이. 오직 대장경 조판에만 몰입했을까요?

강 씨   했다니까. 내가 직접 본 건 아니지만 해탈한테 들었다니까.

규환   그래요. 남자가 맘먹었으면 했겠죠. 나라에서 인정한 장인인데.

강 씨 맞아요. 해탈스님이 감정을 했고 완벽하다고 인정했지.

보리 해탈스님이요?

강 씨 예, 해탈스님. 아! 여기 있던 해탈땡중 말고 옛날 고려시대 해탈스님. 생긴 건 여기 해탈땡중이랑 비슷하게 생겼다 치고.

가람 그럼 둘 다 무사히 보내줬겠네요? 대장경 조판이 완벽하 게 끝났잖아요.

강 씨 아가씨 같으면 그렇게 했겠어요?

가람 자기들끼리 다 해피엔딩이면 좀 억울할 것 같은데요.

강 씨 내 말이. 약속도 있지만 그래도 사람이 줏대가 있고 승부 욕, 자존감 뭐 이런 게 있어야지.

규환 자꾸 새지 말고 얘기하세요.

보리 둘 다 죽였나요? 죽였군요. 약속을 안 지키고.

강 씨 그 귀족 아가씨가 조판 청년과 그 처녀를 둘 모두… 살려 줬어요.

보리 예?

가람 갑자기 얘기가 뭐 이래요? 이건 누가 만든 얘기예요? 결 말이 약하잖아요.

강 씨 아까 그 해탈땡중이 한 얘긴데요. 내가 만든 게 아니고.

보리 드라마가 좀 약하네요. 한국드라마는 재밌는데 이건 재미 없어요.

규환 그러게요. 살해 동기는 충분한데 거기서 그냥 접었다? 납

득이 안 돼요. 원래 치정에 의한 살인이 가장 많은 법이거든요.

가람　여기서 치정이 왜 나와요?

강 씨　아니, 나도 그렇게 생각해요. 근데 이 이야기는 좀 다르게 결말이 나서 그렇지.

규환　그냥 해피엔딩 아니에요?

강 씨　노! 조판장인이 무상무념 상태에서 혼을 불어넣어 조판에 열중하는 사이….

가람　무상무념인데 혼을 어떻게 넣어요?

규환　얘기 좀 끊지 마요.

강 씨　내 말이! 어쨌든 그 사이. 조판장인과 사랑하던 그 처녀가 앞길 짱짱한 귀족과 눈이 맞아서 결혼해버렸어요. 돈 앞에 별 수 없었던 거지. 조판장인은 블루컬러, 근데 재벌3세 만나니까 눈 돌아가지.

규환　하여튼 여자들이란!

강 씨　그렇지. 그러니까 갈대지.

보리　말도 안 돼요. 그걸 더 못 기다리고요?

가람　차라리 잘된 일이에요. 구차하게 사느니 새 출발을 하는 게 좋았던 것 같네요.

규환　그 남자는 어떻게 됐죠?

강 씨　미친 듯이 일에 매달리다 여자를 잃어버렸으니 가슴에 한을 품었을 거예요. 여자가 한을 품으면 오뉴월에도 서리가 내린다잖아요.

가람 조판장인은 남자잖아요.

강 씨 그러면… 남자는 한이 없을까요? 나 버리고 돈 많은 성식이 따라 간 순심이 생각만 하면 아직도 피가 거꾸로 솟아요. 나를 그렇게 무시하고 잘 사나 싶었지. 그래서 내가 아주 악착같이 돈을 모았어요. 자수성가 그게 바로 내 이름이나 마찬가지죠.

규환 흥분 가라앉히고 술 한잔 하세요. (술을 따르려는데 없다) 여기요!

보리 아까 나가서 안 들어오셨는데요.

강 씨 장사를 하자는 건지 말자는 건지. (자리에서 일어나더니) 따라와요.

규환 예?

강 씨 (주방을 가리키며) 우리가 가서 뭐든 좀 만들어 먹읍시다.

보리 저희는 손님인데요.

강 씨 괜찮아요.

가람 그래요. 목마른 사람이 우물을 파는 거죠.

강 씨 먹고 싶은 거 말해 봐요. 내가 다 만들어 드릴 테니까. 갑시다.

규환 그럼 혼자 가서 만들어 오세요.

강 씨 혼자 가면 심심하잖아. 얘기도 하면서 같이 해야 맛있지.

보리 그래요, 같이 가요.

가람 전 생각 좀 해봐야겠어요.

규환 무슨 생각이요?

가람	이 이야기 손을 좀 댈 필요가 있겠어요.
규환	소설 쓸 생각하지 마요. 기자가 사실 보도를 안 하고 소설을 쓰니 욕을 먹지.
가람	뭐라구요?
규환	잘 하라구요. 특종 잡아야죠.
가람	안 그래도 꼭 그럴 거예요.
강 씨	티격태격하다 정든다니까. 오늘 정말 제대로 정 붙이겠다.
가람·규환	예?
강 씨	전 붙이겠다고요. 갑시다. 전 붙이러.

규환, 보리는 강 씨를 따라 주방으로 들어가고 가람은 주방 쪽을 살피다가 기자수첩에 뭔가를 메모하기 시작한다. 암전.

⟨제9장⟩

고려시대. 부인사. 보살이 해탈을 따라서 들어온다. 관객이 보기에는 과거인지 현재인지 도통 알 수가 없는 모습이다. 가람은 앉아서 여전히 기자수첩에 메모를 하고 있다. 가람은 해탈과 보살의 모습을 보고 있지만 해탈과 보살은 가람을 보지 못한다. 마치 가람이 쓰고 있는 내용이 펼쳐지는 것처럼 보인다.

보살　　정말 완벽한 조판이었습니까?

해탈　　믿을 수 없을 정도로 정말 완벽했소.

가람　　그 말을 어떻게 믿지요?

해탈　　규환은 분명히 보리를 만들어냈습니다. 그리고 보리를 향해 걸어가고 있었습니다.

가람　　그만! 그 보리라는 이름은 듣기 싫습니다.

해탈　　규환이 사랑하는 여인 보리를 말하는 게 아닙니다.

가람　　예?

해탈　　보리는 불교 최고의 이상인 부처님 정각의 지혜를 뜻합니다. 그리고 그러한 지혜를 얻기 위하여 걸어야 하는 길이기도 하지요.

보살　　그럼 진짜로 그 지경에 아니 그 경지에 이르렀다는 말씀인가요?

해탈　　처음엔 내 눈을 의심했습니다. 하지만 인정하지 않을 수 없었지요. 그러니 이제 규환과 보리를 놓아주시지요.

가람   제가 언제 잡고 있었나요?

해탈   가질 수 없는 것을 가지려고 잡고 계셨지요. 욕심입니다.

가람   가질 수 없는 것? 욕심? 귀족의 몸으로 태어나 왕이 되려 한 것도 아닙니다. 제가 가지고 싶은 것은 평범한 한 남자입니다. 그 사랑이 어찌 욕심이라고 말하십니까?

해탈   맞잡지 않고 한쪽에서만 잡고 있다면 결국 떨어지게 돼 있습니다.

가람   더 세게 잡으면 되겠지요.

해탈   규환과 보리는 맞잡고 있으며 아가씨보다 더 세게 잡고 있습니다. 그것이 인연입니다.

가람   이번 생이 아니라면 다음 생이 있겠지요. 그때까지 전 놓지 않을 겁니다. 다음 생의 인연을 위해서라도요.

해탈   그러면 이번 생에서는 보리를 위해 놓아주시지요.

가람   보리는 이제 규환의 여자가 될 수 없습니다.

보살   죽이셨습니까?

가람   보리는 대장경을 지키는 장군의 여자가 되었소.

해탈   어찌 그럴 수 있단 말입니까?

가람   목숨을 건지고 팔자를 고치는 일인데 마다할 사람이 있겠습니까?

해탈   도대체 무슨 계책을 부리신 겁니까? 규환이, 그럼 규환이는…

강 씨(장군)가 보리와 함께 들어온다.

장군   아가씨, 오셨습니까?

장군이 보리와 함께 가람에게 인사한다.

가람   안 그래도 부르려고 했습니다. 두 사람 보기가 좋습니다.

장군   멋진 사내 옆에는 예쁜 계집이 어울리는 법이지요.

해탈   규환이도 알고 있습니까?

가람   아마 지금쯤이면 그렇겠지요.

규환이 뛰어서 들어온다.

규환   보리야!

장군   어허! 감히 누구 이름을 함부로 부르는 것이냐? 예를 갖추지 못할까?

가람   이제 조판도 완벽하게 끝났으니 규환이 너와 내가 볼 일만 남았구나.

규환   모든 게 저 대장경 때문이야. 저게 도대체 무엇이건데.

해탈   규환아, 안 된다.

규환   저것 때문에….

해탈   보리 때문에 보리를 잃었다고 생각하겠지만 그 길 또한 보리가 아니겠느냐?

규환	모두 저것 때문입니다.
해탈	아니다.
규환	차라리 하지 말았더라면… 차라리 없었더라면….
해탈	규환아!

규환이 울부짖듯이 소리치며 뛰쳐나간다. 모두들 불길한 듯 규환을 쳐다본다.

보살	(규환이 간 곳을 바라보다가) 아이고! 저게 뭔 짓이래? 규환이 불을 지르려고 해요.
해탈	관세음보살.

가람과 보리는 안타까운 듯이 보살이 보고 있는 곳을 함께 쳐다보고 있다.

장군	죽일 놈! 그건 반역이다!

장군이 결심한 듯 뛰어나간다. 해탈과 보살은 장군이 나가는 모습을 보고 어찌할 바를 모른다. 가람과 보리도 긴장하기는 마찬가지다.

가람	장군! 멈추시오! 장군!
보리	장군님!

갑자기 천둥과 번개가 몰아친다. 장군의 기합 소리와 바람을 가르는 칼 소리, 규환의 비명이 동시에 들린다. 해탈이 하늘을 보며 불안해한다. 보리와 가람은 자리에 털썩 주저앉는다. 암전.

⟨제10장⟩

현재. 부인사 술집. 강 씨와 규환, 보리가 술과 안주를 들고 나온다. 가람이 엎드려 있다. 규환이 가람을 흔든다.

가람 안 돼.

규환 그새 잠들었어요?

가람 아뇨.

규환 뭐가 안 된다는 거예요?

강 씨 내가 하면 다 돼요. 진짜 잘했거든요. 자, 제 솜씨 맛보시겠습니까?

규환 제가 절반은 한 겁니다.

보리 저도 빼면 좀 그런데요.

해탈이 서성이며 들어온다.

해탈 안 돼! 욕심! 안 돼! 그러니 세상이 이 모양이지. 온다, 와.

강 씨 오셨네. 가만히 서 있지 말고 앉아서 같이 듭시다. 근데 우리 보살 부인은 어디 갔수? 왜 안 와? 손님을 이렇게 부려 먹어도 돼?

해탈 온다, 와.

강 씨 그러니까 언제 오냐고?

해탈은 서성이고 규환, 가람, 보리, 강 씨는 둘러앉아 안주를 먹기 시작한다.

보살이 안으로 들어오다 해탈을 발견하고는 뛰어온다.

보살 아니, 순식간에 사라지더니 또 언제 돌아왔수?

강 씨 이건 맛없으니까 돈 받지 마.

보살 있는 재료, 없는 재료 다 처넣고 놀았으면 돈을 내야지. 뭔 도둑놈의 심보야?

보리 예, 돈 드릴게요.

보살 아가씬 됐고 강 씨가 내.

강 씨 강 사장이라니까.

보살 이거 얼마 된다고 이거 아끼려는 사람이 사장은 무슨.

강 씨 알았어. 내가 다 내. 그러니까 강 사장이라고 불러줘.

보살 (손을 벌리며) 일단 돈부터 내고.

강 씨 (지갑에서 돈을 꺼내 보살에게 준다) 강 사장 해 봐.

보살 젊은 사람들 있다고 강 씨가 사람이 다 됐네.

강 씨 뭐? 그럼 내가 언제는 사람이 아냐?

보살 해탈스님 얘기도 못 들었어? 해탈스님이 사람 아니라면 사람 아냐.

가람 맞다. 그래요, 해탈스님이 직접 얘기 좀 해주세요.

강 씨 내가 초조대장경 얘기 마저 할게요.

보리 돌아서 듣는 것보다는 직접 듣고 싶은데요. 부탁드립니다.

보살 그래요. 얘기 좀 해주세요. 강 씨가 엉뚱한 얘기하기 전에 제대로 좀 해줘요.

해탈   온다, 와.

보리   뭐가 온다는 거죠?

가람   아님 누가 온다는 건가요?

규환   혹시 둘 다?

강 씨   제 정신이나 돌아왔으면 좋겠다. 자, 다시 내 얘기 들어 봐요. 이제 본격적으로 초조대장경 불탄 이야기. 그러니까 그때가 언제냐 하면… 고려시대니까….

보리   1232년 고종 19년이지요. 대장경을 개경 흥왕사에서 부인사로 옮긴 게 1132년 인종 10년이었으니까 정확히 100년 만에 불에 타버린 거죠.

강 씨   아가씨가 해탈보다 낫네.

가람   혹시 초조대장경이 어디에 남아있는 거 아니에요? 아직 발굴 작업 안 해본 곳에 묻혀 있거나?

규환   (강 씨를 보며) 아님 이미 빼돌렸거나?

강 씨   예? 누가요?

규환   (해탈을 보며) 생각해 봐요. (보리를 보며) 이상하지 않습니까?

보리   정말 그 많은 걸 단번에 싹 다 태워버렸다는 게 이상해요.

규환   그렇죠. 누가 몇 개라도 숨길 시간은 충분했을 것 같거든요. 혹시 이번에 발굴된 미라가 대장경을 구하려고 하다가 죽은 사람 아닐까요? 8백 년 쯤 된 것도 그렇고 가슴에 뭔가 꼭 품고 있던 흔적이 있던 것도 그렇고.

보리   사람은 타지 않고 대장경만 탄다는 게 말이 안 되잖아요.

규환	그러니까 대장경도 안 타고 남았는데 그걸 누가 빼돌렸을 수도 있다는 거죠.
가람	오! 그럴 듯해요. 이야기가 이제 좀 제대로 되는 것 같은데요. 그러니까 대장경이 남아있을 수도 있다는 이야기가 되겠네요. 그렇다면 누가 훔친 거겠죠?
규환	그리고 그 범인은 이 중에 있을 가능성이 높지요.
규환	이 중에서 그 가치를 가장 잘 아는 사람이 누굴까요?
보살	그야 해탈스님이죠.
보리	저는 전공자입니다. 제가 잘 알고 있습니다.
규환	지금 용의자 찾는 건데요. 무슨 말인지나 알고 이러십니까? 안 좋은 거예요.
강 씨	저는 얘기했잖아요. 아닙니다.
보살	해탈스님은 그럴 분이 아니에요.
보리	저는 프랑스 사람입니다. 상관없는 일입니다.
규환	그러면 남는 사람은 보살부인이네요.
보살	나는 술이나 파는 사람인데 왜요?
규환	발굴하던 날 어디에 계셨습니까?
보살	그날 경찰서에서 똥 누고 있었잖아요.
가람	(규환을 보며) 확실히 아닌데요. 혹시 처음부터 없었던 거 아니에요?
강 씨	아니면 누가 옛날에 그것만 싹 빼갔을 수도 있잖아요.
규환	누가 이미 예전에 훔쳐갔다는 말입니까?
강 씨	문화재만 전문적으로 도굴하는 놈들 있잖아요.

규환   근데 고분형태도 아니고 전혀 티도 안 나는데 그걸 어떻게 알고 훔쳐가요?

강 씨   그건 또 그러네요.

규환   아니면, 도대체 언제…?

해탈   그날! 그날이야. 와. 온다. 와. (불안한 눈으로 하늘을 쳐다본다)

모두들 해탈을 보다가 따라서 하늘을 쳐다본다. 날이 어두워지며 다시 천둥과 번개가 몰아친다. 암전.

〈제11장〉

고려시대. 부인사. 해탈이 그 자리에 서서 불안한 눈으로 하늘을 쳐다보고 있다. 천둥과 번개가 몰아치고 있다. 보살이 뛰어온다.

보살　스님, 몽고군 별동대가 몰려와요.

해탈　이곳은 전장도 아닌데 어찌….

보살　어서 피하세요.

해탈　나라를 지키기 위해 만든 대장경이 여기에 있소.

보살　목숨을 지켜야 대장경도 다시 만들 수 있지요.

해탈　규환의 목숨과 바꾼 것이오.

보살　해탈스님!

해탈　승려를 해치지는 않을 것이요.

보살　스님만 두고 제가 어떻게 혼자 가요? 왜 몽고군 별동대가 여기까지 오는 건지 저는 통 모르겠네요. 혹시 대장경을 훔치러 온 것일까요?

해탈　어쩌면….

보살　맞네. 이게 귀한 것을 아니까. 지금이라도 숨길까요? 저게 다 부처님이 들어가 계신 건데.

해탈　부처는 자기 안에 있소.

보살　몰라요. 스님 안에는 계신 줄 몰라도 제 안에는 부처님 없어요.

이때 강 씨(장군)가 뛰어온다.

장군   스님, 어서 몸을 피하시지요.

해탈   이미 늦었습니다.

장군   맞습니다. 늦었습니다. 그래서 말씀드리겠습니다. 대장경을 몽고군에게 빼앗길 수는 없습니다.

보살   근데 지금 방법이 없잖아요.

장군   빼앗기느니 없애는 게 낫습니다.

보살   예?

장군   우리 고려의 찬란한 역사를 몽고에게 빼앗길 수는 없습니다. 차라리 우리 손으로 없애는 게 덜 수치스러운 일입니다.

해탈   저 대장경이 어떤 것인지 모르시오?

보살   그래요. 장군님이 규환이를 죽여서 지킨 거 아닙니까?

장군   그때는 그때고 지금은 상황이 다릅니다. 이게 다 나라를 위하는 길입니다.

해탈   장군은 그냥 떠나시오. 모든 건 내가 책임지겠소.

장군   그랬다가 대장경이 몽고군에게 넘어간다면 어떻게 하시겠습니까?

해탈   어떻게든 지켜내겠소. 그 누구에게도 뺏기지 않도록 하겠소.

장군   부처님 앞에서 약속하셨습니다. 그럼, 저는 해탈스님만 믿고 가겠습니다.

보살   그래요. 어서 원군을 불러오세요.

해탈   (보살에게) 같이 떠나시오.

보살   싫어요. (장군에게) 보리나 데리고 가세요.

장군   지금 이 상황에 계집 하나를 챙길 여력이 어디 있겠소? 그럼!

장군이 급히 뛰어나간다.

보살   계집? 저런 나쁜 놈! (해탈을 보더니) 죄송합니다.

해탈   떠나지 않을 거면 같이 갑시다.

보살   예? 어디를요?

해탈   몽고군 별동대장을 만나봐야겠소.

보살   가만히 있어도 올 텐데 굳이 왜 목숨줄을 당겨요?

해탈   대장경을 어떻게 하기 전에 먼저 가서 만나야겠소.

보살   아, 예!

해탈과 보살이 몽고군의 함성이 들리는 곳으로 가려는데 부인사에 불길이 솟는다. 해탈과 보살은 그 모습을 보고 망연자실한 표정이 된다.

보살   스님! 불이 났어요. 대장경이 불타고 있어요. (대장경쪽으로 달려간다)

해탈   어찌 이런 일이…. 나무아미타불 관세음보살. 외세침략으로부터 나라를 지키기 위해 만든 것이었는데 결국 외세침

략으로 잃고 말다니… 이게 뭔 업보란 말인가?

천둥과 번개는 치는데 비는 오지 않는다. 해탈은 원망스러운 듯
비가 오지 않는 하늘을 바라본다. 여전히 천둥과 번개가 친다.
암전.

<h1 style="text-align: center;">〈제12장〉</h1>

현재. 부인사 술집. 가람과 보리, 강 씨는 해탈의 이야기에 집중하고 있는데 보살은 꾸벅꾸벅 졸고 있다. 규환은 술을 들고 나온다.

규환   그렇게 해서 모두 불탔다는 거죠? 해탈스님 말씀 잘 하시네요.

강 씨   싹 다 타버린 거지. 아주 그냥 다 잿더미로 변했어. 안에 사람이 있었으면 그냥 화장이야. 산 채로. 다비식이 따로 없는 거지.

보리   정말 끔찍하네요.

가람   혹시 누군가 대장경을 몇 개라도 챙겨서 살아남지는 않았을까요?

규환   아님 누가 숨겼거나. 이번에 발굴된 미라가 아무래도….

강 씨   그건 모르지. 뭐, 각자 생각하고 싶은 대로 생각하던지.

보리   정말 그럴 가능성도 있지 않을까요?

강 씨   불에 싹 탔다고!

규환   어떻게 그렇게 확신하죠? 뭘 숨기고 싶은 겁니까?

강 씨   생각해 봐요. 그 불속에서 사람이 어떻게 미라가 돼? 완전히 재가 됐을 텐데.

규환   과학적으로는 그렇죠. 그래도 혹시 미리 땅을 파서 숨을 수도 있잖아요.

보리	때로는 과학으로 설명할 수 없는 신기한 현상도 일어나곤 하잖아요.
강 씨	지금까지 해탈이 얘기한 것 자체가 다 지어낸 얘기일지도 모르는데 무슨!
해탈	지어낸 게 아니라 만들어진 거야. 인연 때문이지. 만든다고 만들 수 있는 게 아니라 이미 만들어져 있는 거지.
보리	전생을 얘기하는 거죠?
규환	악연이지, 악연.
강 씨	왜들 이래요? 다들 불교신자야? 내 종교는 무교다. (보리를 보더니) 아가씨는…. (머뭇거린다)
보리	가톨릭이에요.
가람	(보리를 보며) 프랑스에서 가톨릭 신자가 되신 거예요?
보리	아뇨. 한국 떠나기 바로 전에요. 그 전에는 제가 원한 건 아니지만 불교신자였나 봐요.
가람	그럼 이름이…?
보리	예. 보리라는 이름 지혜를 얻기 위해 걸어야 하는 길이라는 뜻이에요.
가람	근데 가톨릭 신자인데 세례명도 아니고 불교식 이름을 사용하시네요.
보리	제 이름 세 개나 돼요.
강 씨	사기꾼도 아니고 연예인도 아닌데 아가씨는 뭔 이름이 그렇게 많아요?
규환	뭔가 속이는 게 있다는 얘기 같네요.

보살	얘기하겠지. 좀 들어.
보리	저 여기 부인사 앞에 버려졌었대요.
규환	예?
보리	그래서 스님이 제 이름을 보리라고 지으셨대요. 그리고 스님이 잘 알고 지내던 신부님께 부탁해서 저를 입양 보내셨대요.
강 씨	그 당시면 해탈이 제대로 진짜 스님일 때 아닌가?
해탈	관세음보살.
보리	그때 이사벨이라는 세례명을 받았어요. 프랑스로 입양된다고 프랑스 성녀 이름을 주셨나 봐요. 그리고 프랑스에서 양부모님이 지어주신 에바란 이름이 또 하나 있구요. 에바 베베르.
가람	베베르? 뭔가 익숙한 이름 같은데요.
보리	그럴 거예요. 직지심체요절을 파리 국립도서관에 기증한 사람이 베베르니까요.
가람	아! 직지심경 말이죠? 이름이 같네요.
보리	1911년에 할아버지가 직지심경 수집하셨어요.
가람	할아버지요?
보리	증조할아버지요. 그러니까 저의 증조할아버지가 돌아가시고 난 후에 할아버지가 파리 국립도서관에 직지심체요절 기증하셨어요. 한국에 있었으면 이미 망가졌을 텐데 우리 프랑스에 있어서 괜찮아요. 문화재 관리 잘 하니까요.
가람	요즘은 한국도 관리 잘 해요.

규환	그래요. 다 훔쳐간 거니까 프랑스에서 돌려주고 그런 거 아닙니까? 안 그래요?
보리	돌려주는 거 아니고 빌려주는 겁니다.
규환	예? 원래 우리 건데요.
보리	한국은 책임감 없습니다. 문화재도 못 지키고 아이들도 못 지키고 저를 지켜준 건 한국 아닙니다. 프랑스입니다.
규환	그건… 뭐.
강 씨	그래서 그런가. 아가씨가 발굴도 잘 하대요. 미라가 다칠까 봐 아무도 못 보게 하고 아주 조심조심 그렇죠?
규환	잠깐! 그러면 강 씨 아니 강 사장님이 신고하고 나서 때마침 부인사에 와 있던 보리 씨가 제일 먼저 와서 아무도 없이 혼자 있었다는 건가요?
보리	뭐가 잘못됐나요?
규환	그때 뭘 봤죠? 그때 초조대장경을 빼돌린 거 아닙니까?
보리	장비랑 사람들 오기 전에는 그냥 지켜보고 있었습니다. 건드리지 않았습니다.
규환	당신은 한국 사람인가요? 아니면 프랑스 사람인가요? 말해 봐요. 당신은 누구죠?
보리	나는… 보리 베베르입니다.
규환	그래요. 한국문화재를 수집하는 베베르군요. 직지심경을 수집하던 할아버지처럼 당신은 초조대장경을 수집하고 싶었던 거죠?
가람	설마요. 왜 그러겠어요?

규환	한국을 믿지 않으니까요. 한국이 당신을 버렸으니까요. 맞죠? 그리고 프랑스가 문화재를 더 안전하게 지킬 수 있다고 믿으니까요. 맞죠?
보리	맞습니다.
가람	예?
보리	프랑스가 문화재 더 안전하게 지킬 수 있습니다. 한국 믿지 않습니다.
가람	그래서 그러신 거예요?
보리	하지만 아닙니다. 초조대장경은 원래 없었습니다. 미라 가슴에 있었던 흔적만 있었지 발굴될 때부터 없었으니까요. 국과수 결과가 나오면 아실 겁니다.
규환	처음부터 그렇게 다 예상하고 잘 알고 있으면서 왜 모른 척했지요?
보리	나는 보리 베베르니까요. 한국 사람도 아니고 프랑스 사람도 아니니까요.
규환	그럼 당신은 어느 나라 사람이죠?
보리	내가 묻고 싶습니다. 나는 어느 나라 사람입니까?
해탈	관세음보살.
규환	한국에는 왜 온 거죠?
보살	핏줄인데 오고 싶었겠지.
보리	항상 아버지가 말했습니다. 베베르란 이름은 한국과 인연을 뗄 수가 없다고요. 그래서 한국에 꼭 오고 싶었습니다.
가람	그래서 한국에선 보리와 베베르를 같이 붙여서 쓰는

거예요?

보리 예. 한국식이니까요. 근데 제가 진짜 좋아하는 이름은 다른 이름이에요.

규환 이사벨?

가람 에바?

보리 아뇨. 보리라는 이름을 갖기 전에 친부모님께서 지어준 진짜 제 이름이요.

가람 그 이름은 뭔데요?

보리 모릅니다. 어쩌면 이곳에 제 이름이 남아있겠지요.

강 씨 그 이름을 알고 싶어서 온 거예요? 갑자기 내 가슴이 다 먹먹해지네.

해탈 찾으려고 하면 찾지 못하고, 가지려고 하면 가지지 못하고, 비우면 가득 차게 될 것이고, 가득 채우려고 하면 텅 비게 될 것이지.

강 씨 또 땡중 가라사대 하시네. 이제 다 끌고 부인사지 둘러보자고 하겠네.

해탈 (자리에서 일어나며) 가자.

규환 예?

강 씨 부인사지 둘러보면서 할 얘기가 있나 보네. 이 아가씨 이름이라도 알려주게?

보리 예?

해탈 버리러 가자. 비우러 왔으면 비워야지. 찾으려고 발버둥을 친다고 찾을 수 있는 게 아니야. 애초에 이름이란 건 없어. 그 존재가 있을 뿐이지. 이름이 바뀐다고 존재가 바뀌는 것도 아니요 이름을 찾는다고 존재를 찾는 것도 아니니까.

가람 하긴 초조대장경이 그 당시에 초조대장경으로 불리진 않았겠네요.

보살 그랬겠지.

가람 현재 초조대장경 인쇄본이 있으니 비록 판본이 없다고 해도 분명히 초조대장경은 있었다는 거구요?

보살 아가씨가 참 똑똑하네.

보리 결국 마음을 비워라. 그러면 얻을 것이니! 스님, 그 얘기죠?

해탈 관세음보살.

규환 (전화를 받는다) 여보세요. 뭐 이번에 없어진 게 아니라고? 헛일 했네. 뭐? 복원했어? 컴퓨터그래픽이야? 아니면 진짜 만들어서 한 거야? 그래? 사진 한번 보내줘 봐. (전화를 끊는다)

가람 정말 보리씨 말이 맞는 거예요? 헛발질 했네요. 난 특집기사 건졌는데.

규환 지금 약 올리는 겁니까?

가람 마음을 비워요. 그래도 공부는 많이 했잖아요.

규환 어쩔 수 없죠. (보리를 보며) 미안합니다. (어색한 듯 주위를 둘러본다) 마음을 비워서 그런가? 여기 진짜 많이 와본 곳 같아요. 신기하죠?

보살 그게 다 전생 때문이죠. 스님, 맞죠?

84

해탈	인연이지.
가람	와본 곳인데 기억을 못해서 그런 거 아니에요?
규환	내가 뭔 말만 하면 태클을 걸어요? 우린 분명히 전생에 악연이었을 거예요.
보살	그것도 인연 아닌가?
해탈	보살이 나보다 낫네. 악연도 결국 인연인 것을 난 이제 알았어.
보살	예?
해탈	나조차 비우지 못하고서 남에게 비우라고 했으니 모두 내 탓이요.
보살	스님이 왜요?
해탈	인연이란 걸 한낱 인간이 어찌 막을 수 있다고….
보살	스님 진짜 정신 제대로 돌아오셨네요.
가람	(규환을 보며) 이왕 이렇게 된 거 우리 인연을 만들어 볼래요?
규환	(긴장하며) 수사과정에서 만난 커플은 오래 못 가요.
가람	누가 사귀재요? 여기 있는 우리 모두 다 인연 만들자고 했지.
규환	예?
보리	아니에요. 진짜로 두 분 잘 어울려요.

강 씨가 보리의 얘기를 듣고는 씩씩대며 등장한다.

강 씨	보살 부인이 해탈이랑 왜 어울려? 보살 부인은 나랑 있어

야 어울리지.

보리 두 분 얘기 아닌데요.

강 씨 아무튼! 남자 하나에 여자 둘이나, 여자 하나에 남자 둘이나. 꼬이잖아.

해탈 비워. 온다, 와!

강 씨 뭘?

규환 맘을 비우라고요. 모든 게 다 마음먹기 나름이란 얘기시죠? 그럼 제가 마음을 비우고 하나 묻겠습니다.

해탈 온다, 와!

보살 스님, 또 가셨어요?

강 씨 하루 종일 지겨워 죽겠네. 도대체 뭐가 와?

규환 예. 도대체 뭐가 온다는 겁니까?

보살 다시 가셨으니까 그냥 돼요.

해탈 이제 다들 좀 비웠나? 그럼 가자. 마시러. 비워.

강 씨 저것 봐. 땡중도 못 된다니까.

해탈 잠깐! (모두들 놀라서 멈춰서는 걸 보고는) 온다, 와! 온다! 뛰어!

천둥과 번개가 몰아친다. 해탈은 미친 듯이 무대를 돌더니 퇴장한다. 보살은 해탈의 뒤를 따라서 퇴장한다. 천둥과 번개가 서서히 잦아든다.

강 씨 아이고 무릎이야! 비 오겠네. 다들 갑시다.

강 씨는 급히 퇴장한다.

갑자기 비가 내린다. 다들 순간 당황하지만 그래도 싫지 않은 표정들이다.

가람   진짜 온다.

규환   온다, 와!

규환의 휴대전화가 울린다.

가람   (규환을 보며) 와우!

규환   (전화를 받으며) 사진 보냈어? 그게 무슨 말이야? 다른 사람 DNA? 등 뒤에? 그럼…? 그래. (전화를 끊고) 최 기자 특종 잡았네요.

가람   예?

규환   미라는 하난데 한 사람이 아니라네요.

가람   그게 무슨 말이에요?

규환   미라 등 뒤에서 미라가 아닌 다른 사람 DNA가 나왔어요. 불에 탄 사람이요.

가람   그럼 누가 그 미라를 보호하기 위해 자신을 희생했다는 건가요?

규환   아니면 그 미라가 품고 있던 그 무엇, 그러니까 대장경을 지키기 위해서였겠죠. 그 미라가 아니라요.

보리   그래서 그 미라가 불 속에서도 타지 않고 남았다는 거네요.

가람   갑자기 섬뜩하기도 하고 뭐랄까 기분이 좀 그런데요.

규환의 휴대전화 메시지 수신음이 들린다.

규환   (메시지를 열어보며) 사진 왔네. (얼굴이 굳어지며) 이거… 이 얼굴….

가람   왜요?

보리   왜 그러세요?

규환   미라 얼굴이….

가람   어디 좀 봐요. (규환의 전화를 뺏어서 사진을 보더니 기겁한다) 어…!

보리   (가람이 보고 있는 사진을 보고 경악한다) 어…!

규환, 가람, 보리는 멍한 표정이 된다. 빗소리 점차 커지며 천둥과 번개가 친다.

<h2 align="center">〈에필로그〉</h2>

고려시대. 부인사. 몽고군 별동대의 함성이 들려온다. 곧이어 보살이 뛰어온다.

보살　(여기저기를 찾으며) 스님! 스님! 해탈 스님! 어디 계세요? 스님! 몽고군이 몰려와요. (해탈이 보이지 않자 다른 쪽으로 나가며) 스님! 해탈 스님!

보살이 나간 후 가람과 보리가 들어온다.

보리　아가씨, 지금 무슨 짓을 하려는 겁니까?

가람　짓이라니? 감히 내게 짓이라니! 그래, 이제 너의 신분이 예전의 네가 아니라는 거구나. 그래, 내가 밉겠지. 죽이고 싶겠지?

보리　제가 미울 뿐입니다.

가람　마치 날 용서한 것처럼 말하는구나.

보리　용서하고 말고가 없습니다. 어차피 저 때문인 걸요.

가람　뭐?

보리　사랑하는 규환 오라버니를 버리고 장군님을 선택한 제 잘못이니까요.

가람　그렇게 하지 않으면 규환을 죽이겠다고 말한 내 잘못이 아니냐?

보리 그래도 선택은 제가 했으니까요. 어쩔 수 없었다고는 해도 다른 선택도 가능했겠지요.

가람 마치 세상의 이치를 다 깨달은 것처럼 말하는구나.

보리 오라버니의 조판을 보고 깨달았지요. 목숨을 건 대장경을 보고서요.

가람 그런 깨달음이 있어서 네가 사랑하는 사람을 죽인 사람을 지아비로 모시고 살고 있는 것이냐?

보리 업보겠지요.

가람 차라리 분노해라. 날 죽이겠다고 말해라.

보리 다음 생에는 다른 인연으로 태어나겠지요. 지금 뭘 어찌한다고 달라질 것도 없습니다.

가람 그렇다면 내가 규환이가 죽기 전에 못 이룬 일을 해주려고 하니 말리지 마라.

보리 예?

가람 저 대장경을 모두 불태워 없애버리겠다. 마지막 소원이었을 테니까.

보리 아닙니다. 저 대장경은 곧 규환 오라버닙니다. 그럴 순 없습니다. 두 번 죽일 순 없습니다.

가람 그렇다면 넌 저 몽고군에게 규환이가 넘어가는 꼴을 보려는 거냐?

보리 차라리 그편이 나을 수도 있지요. 무사할 수만 있다면요.

가람 저길 보거라. 저들이 뭘 준비하는지. 이미 불태워버릴 준

비를 하고 온 거야. 그러니 내가 먼저 없애서 규환의 한을
풀어주겠다.

가람이 뛰어나간다. 보리가 막으려다가 놓친다.

보리   아가씨! 안 돼요.

보리가 가람을 뒤쫓아 나간다. 잠시 후, 부인사에 불길이 솟는다.
불길 속에서 대장경 판본을 품에 안고 절규하는 두 사람의 그림
자가 보인다. 누가 보리이고 누가 가람인지 그림자로 확인할 수
는 없다. 먼저 한 그림자가 정신을 잃고 쓰러지자 뒤에 있던 그림
자가 쓰러진 사람 위에 엎드려 불길로부터 보호한다. 불길이 더
욱 크게 치솟는다. 번개에 이어 천둥소리 커지며 암전.
막이 내린다.

한국 희곡 명작선 88

데자뷰

초판 1쇄 인쇄일   2021년 11월 25일
초판 1쇄 발행일   2021년 11월 30일

지 은 이   안희철
만 든 이   이정옥
만 든 곳   평민사
　　　　　서울시 은평구 수색로 340 〈202호〉
　　　　　전화 : 02) 375-8571 / 팩스 : 02) 375-8573
　　　　　http://blog.naver.com/pyung1976
　　　　　이메일 pyung1976@naver.com
등록번호   25100-2015-000102호
ISBN   978-89-7115-802-9 04800
　　　　　978-89-7115-663-6 (set)
정 　 가   9,000원

이 책은 사단법인 한국극작가협회가 한국문화예술위원회의 2021년 제4회 극작엑스포
지원금을 받아 출간하였습니다.